阴阳师

天鼓卷

[日] 梦枕貘 著

郑锦 译

南海出版公司

新经典文化股份有限公司
www.readinglife.com
出 品

目录

阴阳师 —— 夜光杯卷

- 月琴姬 3
- 花卜之女 21
- 龙神祭 37
- 月突法师 54
- 无咒 70
- 食蚓法师 86
- 食客下人 106
- 魔鬼小沙弥 125
- 净藏恋始末 143

阴阳师 — 天鼓卷

罐博士	163
器	185
伪菩萨	206
炎情观音	220
霹雳神	234
逆发之女	240
博雅的模仿者	254
镜童子	268

阴阳师

夜光杯卷

月琴姬

一

　　安倍晴明的庭院里已经染上春色。

　　淡绿的繁缕与荠菜在池边醒目地探出头，白梅已开了八分。

　　甜丝丝的梅花香气溶入空气中，钻进晴明与源博雅的鼻腔，香气馥郁撩人。

　　二人正坐在外廊上饮酒。

　　四下里没有一丝风。若是凝神嗅着梅花香气，那香味仿佛愈加浓郁。

　　端着杯子送到唇边，衣袖扬起微风，又带来新的梅花香。

　　酒香与梅香相互交融，即使不饮酒，只是嗅一嗅那香味，便已经陶然如醉。

　　虽已是下午，阳光仍然明丽。那明媚的阳光倾泻在晴明与博雅身上。

　　"怎么了，博雅？"先开口说话的是晴明。

　　"什么怎么了，晴明……"博雅拿着杯子的手停在了空中。

　　"今天话有些少呢。"

确实如晴明所说，若是往常，喝下几口酒，博雅便会对着几乎让人惊叹的淡雅草色与梅花香气吐露心中所想，今日却分外安静。

"确实……"不料，博雅直率地点点头。

"是遇到什么事情了吗？"

博雅没有回答，而是饮尽了杯中的酒，将酒杯放在了外廊上。

"不，关于这个啊，晴明，其实发生了什么，我也不是很明白。"

"哦？"

"而且……"博雅欲言又止。

"怎么了？"

"其实那是……"

"那是什么？"

"不，那就是……"话说到一半，博雅低下了头，"还是算了吧。"

"不能算了呀，告诉我吧，博雅。"

"不，还是算了。"

"为什么？"

"因为我说了，你肯定会发笑。"

"这得看你说什么了。不过，若是因为我会笑，你就要闹别扭，那我就不笑。"

"我什么时候说在闹别扭了。"

"不，你没有说。对不住，我刚才只是说说而已。"

"就算你只是说说，我也觉得不好受。"

"看，你果然是在闹别扭嘛。"

"我没有闹别扭。"

"那你能和我说了吗？"

"不说。"

说着说着，话又绕了回去。

"看来是女人的事。"

晴明一说，博雅就狼狈极了。"好端端的，你说的什么话。"
"果然是女人啊。"
"不、不是，不是女人……"
"不是？"
"唔、唔……"
"就是女人了啊。"
"为什么你知道是女人？"
"看，你招了。"
"我哪有招，只是问你为什么觉得是女人。"
"因为写在你脸上了啊。"
"脸上？"
"因为你是个直肠子。"
"喂，晴明，你能别笑话我了吗？说真的，我现在正为这事发愁呢。总觉得这应该是你擅长的，所以就来找你商量……"
"出什么事了？"
"和你面对面，很难说出口。即使这样，我还是努力想说出来，没想你却那样说我，所以更难说出口了。"
"对不住，博雅，我知道你有话想说，所以想套出你的话，一不小心……"
"一不小心就想笑话我了，对吧？"
"是我不好。"
"算了。也多亏你，我觉得轻松多了。"
"想说了？"
"你愿意听我说？"
晴明点点头，博雅端正了姿势。
"其实，出现了。"博雅压低声音说。
"出现？"

"女人出现了。"

博雅接着说："你在笑，晴明。"他瞪着晴明。

"我可没有笑。"

"不，刚才你的唇角可是稍稍动了一点。"

"是你的错觉吧。"

"不，不是我的错觉，确实动了。"

"和往常一样呢。"晴明露出装模作样的表情。

这样说来，晴明的红唇似乎总是含着如甜酒一般的笑意，虽然只是一丝一缕。与博雅说话时，也难怪会被看成是在笑。

"唔唔……"

"然后呢，女人怎么了？"晴明催促欲言又止的博雅继续往下说。

"就是出现了啊。"博雅只得将事情和盘托出。

二

按博雅的说法，深夜时分，他在睡梦中忽然察觉到了一阵气息。

最初是一股香气，闻起来十分甜蜜。

博雅躺在床上想，这应该是梅花的香气。

庭院里的梅花正在盛放，香气借着夜色传到了睡榻前。但是，这与梅花的香气又有所不同，确实甜蜜而沁人心脾，但总感觉与梅花香有微妙的区别。

若是花的话，应该是未曾闻过的异国花香。若非如此，便是不曾闻过的薰香。

是谁在何处焚香？

想到这里，博雅察觉到自己虽闭着眼，却已在不知不觉间醒来了。那香味仍然在身边萦绕。

果真如此的话，是个梦吗？

黑夜之中，博雅睁开了眼。而后，他看见了那个女子。

那是个还十分年轻的女人，年龄应该只有二十左右。

不可思议的是，明明是在黑夜里，女子的身影却清晰可辨。

博雅知道家中的东西，比如柱子和帷帐的位置，所以多少能看到那些物件的影子。但在不熟悉此处的人看来，眼前只是一片黑暗。

但是，只有那个女人的身影清晰可见。

女人坐在枕边，注视着博雅。她眼眸的形状、头上盘的发髻、高耸的鼻梁、饱满的红唇和唇间的皓齿都清晰可辨。所穿衣物也不是本土所有，如同薄衫一般裹在身上。她黑发间、颈上和腕间垂挂的饰物，博雅也都未曾见过。

薄衫之下，她还穿着带有颜色的衣物。

那不是唐国的样式。这一点，博雅还是看得出来的。

佛典里出现的菩萨或天竺的天女，应该也就是这般模样了。

原来是一位来自异国的佳人。

博雅虽然备感惊讶，但没有喊出声，因为这女子看起来并没有害人之意。

"我也与你一起遇见过各种各样的事，若非遇上大事，也能处变不惊。"博雅朝着晴明说道。

"然后呢？"

"然后……"博雅点点头，继续往下讲。

那女子用无比哀伤的眼神注视着博雅。发现博雅醒来，女子似乎想说什么，柔唇轻启。

女子开口了。可是，没有声音传来。

博雅从睡榻上起身。

"你怎么了，是有什么想说的吗？"他问女子。

女子再次开口，继续向博雅诉说着什么，却只有红唇在动。

女子一瞬间露出了哀怜的眼神，而后焦灼地轻轻扭动身子，接着又张开红唇,但依旧没有声音。

女子的眼神极为悲伤,凝望着博雅。那眼里盈满泪水。

"你怎么了?可是有什么悲伤之事?"博雅温柔地问道,但女子依然无法出声。

这时,女子的身影忽然消失在了博雅面前。

"她消失之际的眼神充满了悲伤和痛苦,可真令我难受啊,晴明……"

博雅再次躺下。翌日清晨醒来,昨夜之事又仿佛一场梦。

那是什么呢?若真是一个梦,倒可以就此放下。可是,那女子哀伤的眼神与无法出声的言语,却留在了博雅的心里。

不管了,总之是个梦吧?总会有奇怪难解的梦的。

本打算暂时放下心……

"怎么了?"

"结果第二晚又出现了,晴明。"博雅说。

次日的晚上也一样。博雅夜里入睡后,就闻到一股好闻的味道,接着醒了过来。

一看,枕边又是昨夜的女子。

"姑娘啊,姑娘,你是谁呢?找我有何事?"

博雅问了,也没有回答。

不,女子其实想要回答,只是张开嘴,声音却出不来。

而且不知何时,女子又消失了身影。

"是吗……"听完后,晴明应道。

"这样的事到昨夜已经持续了五日,晴明。"博雅说。

三

"我并非觉得那女子可怕。"

博雅神色严肃，一本正经地说道。

"要是觉得害怕，早就来找你了。之前没有找你，是……"

"不想因为女人被我笑话，对吧？"

"嗯。我想着之后就不会再出现了，可是一连出现了五日啊。"

"今夜也会出现吧。"

"会出现？"

"恐怕是的。"

"唔。"

"你对她有什么印象吗，博雅？"

"没有。"

"是否思慕哪里的姑娘，之后又对其冷淡了呢？"

"你老说这些，这可是你的坏毛病，晴明。"

"或许在你不曾留意之处，有了什么缘分呀。"

"就算这么说，也……"

"如果是你，倒是有可能呢。"

"没可能。"

"既然是从五日之前的夜晚开始的，那五日前的白天或者前一日，发生什么反常之事了吗？"

"这可……"博雅歪着头思索了一会儿，说，"我不记得。"

"不要自以为有或者没有，再好好想想，真的没有吗？"

"啊，这样说来……"博雅似乎想起了什么，径自点了点头。

"发生了什么吗？"

"嗯，我替主上保管的阮咸①，在那事发生的前一日——也就是六日前还给了主上。"

"哦？阮咸是何物？"

---

①一种乐器，相传由竹林七贤的阮咸将琵琶进行改造而成，音色比普通琵琶低沉。

阮咸不像琵琶一样外观是茄子形，而是圆形，还像仙鹤一般有长长的琴颈。在晋朝时，阮咸便成了那种形状。

唐朝时，阮咸被称为秦琵琶，是此后月琴这一乐器的原型。

"是一把有螺钿图案的紫檀琵琶……"

"哦？那不就是从前吉备真备大人从大唐带回来的珍宝吗？"

"正是。"

它的背板、侧板、琴柱、琴头，以及弦轴均是用紫檀制成。

"可真是美妙绝伦……"似乎是想起了那阮咸的样子，博雅赞叹道。

在琴身面板的四周，用金箔镶了边，青绿色面板上绘着开花的树。以朱、白、绿三色绘成的树上，垂下一串串葡萄。

面板的斜上方有两处圆形装饰，錾刻着六瓣花。花上用了螺钿，花蕊和花瓣中镶嵌着琥珀，再以朱色和绿色彩绘装饰。

复手是木制的，金箔之上又贴了玳瑁，并以螺钿和琥珀装饰出花卉图案。

背板的花纹，则是含苞待放的八瓣唐花纹，周围有两只衔着璎珞的鹦鹉，也是用大量螺钿描绘而成。鹦鹉眼睛、翅膀和璎珞上的红色与黄色，都用了琥珀和玳瑁。

"而且，美的不只是那外形。一弹奏这阮咸，仿佛天地都与之和鸣一般。"

沉醉其间的博雅不禁发出叹息。

"然后呢？"

"这阮咸几乎都由紫檀木制成，只有面板不是紫檀。"

"是吗。"

"你觉得是什么做的？"

"不知道，告诉我吧，博雅。"

博雅挺直腰板，说："晴明啊，我想你也知道，佛祖是在天竺的沙罗双树之下涅槃的。"

"嗯。"

"据说那位玄奘法师自唐国到天竺时,这沙罗双树落下了一根粗枝。玄奘法师将其切割之后,将其中一段带回了唐国。"

"是吗。"

"因为十分稀有,当时的皇帝便命名工巧匠将那沙罗双树的木材做成琵琶面板,制成了一把阮咸。而吉备真备大人自大唐返回时带的受赐之物,便是这把阮咸。"

"原来如此……"

"不久前在宫中,得主上所赐,得以一见。试弹之后,那音色真是绝妙。实在不忍放手,便向主上借来一用。"

"哦?"

"近一个月,我日日弹奏阮咸,终于到了必须归还之时,在六日前……"

"于是还给了那个男人。"

"喂,晴明,称主上为那个男人,可是你的坏毛病。每次听到你说,明明没说的我反而胆战心惊。"

"好了,我只在你面前说。"

"不知在何时何处,会传到何人耳中啊。"

"这样也无所谓。"晴明面不改色,"那么,那阮咸现在何处?"

"在这里呢。"

"这里?"

"现在放在我的牛车里。"

"哦?"

"主上赐给我了。"

"你说什么?"

"今日我被传唤至宫中,主上亲手将其赐予我了。"

"是怎么回事，博雅？"

"这其中有许多缘由。"

"什么缘由？"

"这把阮咸不会响。"

"不会响？"

"嗯，不会响。"

博雅回去后，主上把玩着阮咸，想要弹奏，却发不出声音。

抱着阮咸，将拨子抵在弦上。若是平常，琴弦振动之后，应该有曼妙的声音响起，可是这琴弦没有振动。

不论如何拨弦，只会出现像拍打布匹一般的细小声音。让其他人弹奏，也没有响起琴声。

众人猜想或许是弦太松或太紧，便拧紧了弦，或是试着松一松，进行了诸多尝试，琴弦却依旧不响。

主上也好，其他人也好，都觉得一筹莫展。

"叫博雅来。"

于是，博雅前往宫中。

"阮咸不鸣。"主上对前来的博雅说。

"你不会是在保管这阮咸时弄坏了吧？"一旁的人问道。

"绝无此事。"博雅说。

"你现在不妨试着弹一下。"

博雅接过阮咸，抱起来，将拨子抵在弦上。

丁零……

悦耳的声音响起。

"呵，有声音了。"

"有声音了！"

"之前一直没有声音的阮咸……"

命人取走阮咸，看起来要鸣响的阮咸又不响了。而博雅取来，用拨子一拨便响起来。

反复尝试多次，依旧如此。大家终于发现，之前不论是主上弹奏阮咸，还是其他人弹奏，本来用拨子一拨便出声，但现在除了博雅以外，无人可使其出声。

"真是不可思议。"主上叹息道，"不论是多么珍贵的宝物，若是不出声也无用啊。"

"所以，今日主上就将这阮咸赐予我了。"博雅欣喜地说。

"那阮咸能给我看看吗？"晴明说。

"当然。"博雅说。

四

博雅在晴明面前打开了用浅绿蜡染、里子是紫色的绫袋，取出那把阮咸。

"这可真是绝品。"

晴明取过阮咸，右手白皙的指尖轻轻地拨动琴弦，却没有琴声传出。

"唔。"晴明侧了侧头。

"对吧。"博雅说，"除了我之外，无人能奏响这把阮咸。"

晴明将阮咸横抱在膝上，将手心放在面板上。

"嗯。"他微微点头，"原来如此。"

晴明自言自语，又将手掌抵在面板上，同时口中开始小声念咒，是博雅不曾听过的异国语言。

念完以后，晴明将手指抵在弦上，再次弹奏。

丁零……

此时，弦鸣了。

"出声了，晴明……"博雅一脸不解地问，"这是怎么回事？晴明，你做了什么？"

"已经不用担心了。我对阮咸说，虽然别人的手也能使你出声，但你已经是博雅之物。"

"什么时候说了这话？"

"方才。"

"那不明所以的咒文是说了这个吗？"

"嗯。"晴明点点头，"不过，博雅，你是不是还有没告诉我的事……"

"没告诉你的事？"

"就是关于这阮咸，你还有事忘了告诉我。"

"这样的事可……"

"没有吗？"

"没有。"

"这阮咸有名字吗？"

"名字？"

"对。"

"没有。不、不，虽说没有，但要说有的话，也有。"

"这是怎么一回事？"

"因为无名，主上交给我时，我为它起了名字。"

"怎样的名字？"

"因为是以天竺的沙罗双树为面板，所以我就起了'沙罗'这个名字……"

"然后和阮咸说话了吗？"

"唔，嗯。"

"说了什么？"

"今夜给你起名吧，名字就叫沙罗。"

沙罗啊，沙罗啊，今夜你也能发出曼妙的乐声吗？

"啊,沙罗啊,沙罗啊,你发出的乐声可真是动人。你可真美啊。我已经仰慕到不能自已了呀。"

晴明模仿着博雅的语调说道。

"你这人,一定是像与女子细语一般,说了这些吧?"

博雅的确是这么说了。

"确实说了……"

"就是这个了。"

"这个?"

"我也对你说过吧。为某物起名字,就是对它施加了咒语。"

"什么……"

"哎,算了。今夜该明白了吧。"

"今夜?"

"去你那里。"

"去我的宅子吗?"

"对。"

"唔,唔唔。"

"去吧。"

"好。"博雅不明就里地点了点头。

"走吧。"

"走吧。"

事情便这样决定下来了。

五

夜里,博雅的宅邸里只亮着一盏灯火,博雅与晴明在黑夜里对坐着饮酒。

在博雅往日入睡的地方,放着从绫袋里取出的阮咸沙罗。

"我说啊,晴明,你告诉我。"博雅从方才起便着急得很。

"告诉什么?"晴明一脸无辜地将酒送到唇边。

"特地来到我的宅子,到底要做什么?"

"什么都不做。"

"你说什么都不做?"

"只是等待。"

"等什么?"

"等那位姑娘到来。"

"不是只有我一个人入睡后才会出来吗?"

"到昨夜为止,或许是这样。"

"今夜呢?"

"即将到来。"

"你为何知道?"

"因为我白日里已经告诉她了。"

"你告诉她了?"

"我说,今夜我在博雅的宅邸等您。"

"你说什么?"

"本来也可以请她出现在我那儿,不过未免有失雅趣。姑娘想必也需要时间整理心绪。"

"你在说什么?"

"此事不必着急,只需等待即可。"

晴明说话之时,阮咸其中一根弦微微鸣响。

丁零……

"看。"

"竟然……"

"看来是来了。"

晴明话音未落,阮咸的旁边便出现了一个女子。

女子站在晴明与博雅面前。正如博雅所言，从她身上飘来无法形容的香气。

那是位明眸大眼、身着异国衣裳的美人。

"您来了。"

晴明说完，女子浅浅地鞠了一躬，微微颔首。

她抬起头，轻启朱唇，声音从唇间滑出。

"说、说话了，晴明。"

但博雅却不明白她到底说了什么。

"小女沙罗，承您起名，成为您所属之物，万分欣喜，博雅大人。就是说了这些。"

"晴明，你懂她所说的语言吗？"

"嗯，这是天竺的语言——梵语。天竺最初写在经典上的语言就是这一种。"

晴明用博雅不知的天竺语言与这女子说话。女子笑着点头。

"什么，你说了什么？"博雅问。

"且慢，博雅。等将话说完，再慢慢告诉你。"

晴明接着与女子说话。说了一会儿，女子看向博雅，静静地行了礼，而后抬起头来，唇间浮起无法以言语描述的微笑。

不一会儿，那笑容渐渐消失。接着女子忽然消失了踪影。

"喂、喂，消失了，晴明。她去哪儿了呢？"

"哪儿都没去。不是在这里吗？"

晴明用眼神示意那灯火下放着的阮咸。

"在这里？！"

"说起来，沙罗便是这阮咸所化的精灵。"

"什么……"

"不管如何，这位沙罗可是见证过佛祖涅槃的沙罗树。因为与玄奘法师一同经历漫长的旅途，并由唐国第一的名匠制成了阮咸，沙罗的精灵就附在了上面。"

"唔……"

"再加上与吉备真备大人渡海前来，在这日本国，由通晓乐理的源博雅大人弹奏，又为其命名。就如同我为美丽的紫藤花起名为蜜虫，而后成为式神一般。"

"你说式神？"

"你在不知不觉之间，授予那阮咸名字，创造出了你的式神，博雅……"

"你说什么?！"

"你创造了式神，却丝毫未曾察觉，还自己放手……"

"可是，那阮咸本是主上的……"

"这种事与沙罗无关。"

"……"

"对吧，就如我所说的一样，不是吗？"

"什么？"

"我白日里不是说了吗，如果是你，便有这个可能。"

"……"

"我说了，你是否思慕哪里的姑娘，之后又对其冷淡了呢？"

"……"

"正是如此啊。"

"但是，这个是……"

"是一样的，博雅。"

"唔。"

"所以，这位沙罗便无法出声了，想着若不出声，你一定会被那男人传唤。如果有人能使不会出声的东西发出声音，或许就能变成那个人的所有之物。总之最后她如愿以偿了。她每晚都到你这儿来，就是急切地期盼你的到来。可是，不会出声的阮咸无法说出心愿……"

"就算能说出声，我也听不懂那异国的语言吧。"

"正是。"

"刚才你是和阮咸……不，和那位沙罗说了这些吗？"

"嗯。"晴明点点头。

"那你有何打算，博雅？"他露出笑意。

"什么打算？"

"这位沙罗，可是成了你的式神呢。"

"当真？"

"当真。"

"该如何做才好呢？"

"不知道……"

晴明像在笑话博雅一般，微笑着取过杯盏。

"好了，今夜尽兴饮酒如何？"

"饮、饮酒是无妨……"

"首先要怜惜她……"

"怜惜？"

"沙罗啊，沙罗啊，你发出的乐声可真是动人啊……"晴明模仿着博雅的语调。

"别笑话我，晴明。"

"我可没笑话你，怜惜她是指弹奏阮咸。对了，博雅，今夜可否为了我弹奏沙罗？"

"唔，嗯。"

"我说，博雅，你真的比我等拥有更出色的能力。不过你还没有察觉。但是这很好。这就是你，就是名为博雅的好男人。正因如此，正因你未曾察觉，这天地、这晴明才都被你打动。"

"……"

"因为你的乐声，比酒更令我的心沉醉。"

"真的吗？"

"是啊。"晴明点点头。

博雅取过沙罗，抱在怀里，手握拨子。

丁零……

他开始弹奏，沙罗悠悠鸣响。

博雅闭着眼睛，倾听着自己奏出的琴声。

晴明则将手里的酒杯举在身前，陶然地闭目，聆听乐声。

"可真妙啊，博雅……"

晴明的低声细语，似乎已经无法传到进入忘我之境的博雅耳中了。

六

据传在后世，为了修理阮咸沙罗，将面板取下后，发现在它的背面用螺钿镶嵌，绘了一幅天竺天女画。

花卜之女

一

野菊开花了。

在晴明那秋草繁茂的庭院里,野菊这里一簇,那里一丛,开着浅紫色的花。

女郎花、龙胆、桔梗也在盛开,今年野菊花开得早,而且比庭院里的其他花开得都多。那香气幽幽地渗入吹过庭院的风中。

"真是好闻的气味,晴明。"

博雅将右手中的酒杯送到嘴边,一边如此说着。

"春日里有梅花香气,秋日果然还是要有这沁人心脾的菊花香。"

博雅一口又一口地喝着酒,又将杯盏放回外廊上。

晴明与博雅正坐在屋外的檐廊上。如往常一样,晴明背部轻轻倚着柱子,单膝立起,正在饮酒。

他的红唇总是微微含笑,似乎除了酒,还含有甘甜的蜜糖。

"喂,博雅。"晴明停下往唇边送酒的手。

"怎么了,晴明?"

"还缺了一个。"

"什么?"

"香气。"说着,晴明饮尽了杯中酒。

午后的阳光照在庭院里,倾泻在野菊上。晴明望着那菊花。

"香气?"

"无论是春、夏、秋,还是随之而来的冬,应该都飘漾着一种你喜欢的香气。"晴明的视线从庭院落回了博雅身上。

"你在说什么?我听不懂。"

"酒啊。"晴明将空酒杯放回外廊上。

"酒?"

晴明取过盛着酒的瓶子,一边往博雅杯中斟酒,一边说:"这香气,不是你最喜欢的吗?"

博雅情不自禁地咬紧了唇,又立即舒展了唇角。

"是不讨厌……"博雅放低了声音说道,"可是,晴明,这花香、酒香可没有先后。各自有所不同,各有各的绝妙之处。"

"我明白。"

"可是,你刚才不是用了最这个词吗?"

"对不住。"晴明放下酒瓶,笑着说,"喝吧,博雅。"

"嗯、嗯。"博雅取过盛满酒的杯子,送到嘴边。

这时,身着唐衣的蜜虫来了。

"有客人求见。"蜜虫伏在外廊上,双手贴地。

"是谁?"晴明问。

"是橘正忠大人。"

"那就带大人到这里来……"

"是。"蜜虫消失了。

"喂,没事吗,晴明?"博雅问。

"什么?"

"我在这儿也没事吗?"

"无妨，与你有约在先。已经告诉正忠大人，与你约好饮酒了。"

"酒?!"

"不，我是说已经告诉大人与你相约了。因为大人说有十万火急之事，即便如此也无妨，所以我就告诉正忠大人，请来宅子。忘了告诉你他要来了。"

"唔。"

"不是正好吗？我与你的关系，正忠大人也知道。而且他的要事似乎也与菊花有关。"

"菊花……"

博雅点头之际，传来了脚步声，在蜜虫的带领下，橘正忠来了。

二

正忠直接坐在了外廊上。

虽然备了蒲团，他终究还是在外廊坐了下来。

不过，官位在他之上的博雅已经坐在那里了，正忠也别无选择。

寒暄几句后，晴明说道："那么，还请您说说。"

橘正忠神色紧张，舔了两次干燥的嘴唇，说：

"其实，出现了。"

"出现？"

"是女人。"

"女人？"

"是。"橘正忠点点头，再次舔了舔嘴唇。

"约在十日前，我买了一处宅子。"正忠看着晴明，说，"是靠近堀江，位于三条大路的宅邸，闲置了将近一年。"

"本来是纪道明大人的菊宅吧？"

"正是道明大人曾经居住的宅子。"

"若是那座宅子，我还多次去观赏过菊花。"博雅说。

"恰好是这个时节，庭院里大朵的白菊盛开，那可真是壮观得很。现在也……"正忠说。

博雅问："正盛开着吗？"

"是的。"正忠应道。

那宅子便是纪道明的菊宅，在宫中甚是有名。

宅子的主人纪道明十分喜爱菊花，所以在庭院里种植。起初只是一两株，后来越发喜爱，便三株、四株地增种，渐渐地满院尽是菊花了。

在菊花中，纪道明尤其喜爱大朵的白菊，所以庭院里盛开的菊花也多为白菊。

到了秋日，为赏菊花，便邀请宫中风雅之人举行诗会。

这菊宅主人纪道明行踪不明，恰好是一年前菊花盛开之时。

夜里还在宅子里睡觉的纪道明，次日清晨却失去了踪影。

被褥保持着原来的模样，没有贼人入侵的迹象，也没有丢失东西和翻箱倒柜的痕迹。唯有纪道明消失不见了。

若是入梦之时死去，尸体应当还躺在被褥里，可是也没有尸身，只能认为他是趁着夜色自行出门了。

若是出了家门，那便是未曾告知于人，也没有乘坐牛车，只身一人徒步离开。

或许是去了女人那里。但命下人去交往的女子家中寻找，并没有结果。

忽然之间，纪道明完全消失了踪迹。

"是否应菊花之约，去了什么地方？"

"是被菊花吞噬了吧。"

"不是被菊花，是被鬼抓走吃掉了啊。"

宫中也出现了这样的谣言。

这件事多少有些诡异，那宅子便渐渐无人居住，直到被正忠买了下来。

"比起这宅子，我更想要那菊花……"正忠说。

"女人出现，又是怎么一回事？"晴明问。

"嗯，每个夜晚都有一个身着白衣的女子出现，摘下菊花花瓣，一片一片地数着。"

正忠说着，拭去了额头上冒出的汗。

三

十日之前，橘正忠买下了菊宅。

他差人整理了荒芜的宅子与庭院，修葺了几处损坏之处，又运来了日常用品。四日前，这宅子便能住人了。

正值菊花满开之际，正忠十分欣喜。

四日前的第一个夜晚，他特地差人将卧榻移到可以看见菊花的地方，在那里就寝。

上了床，一转头就能看见庭院，盛开的白菊近在眼前。

帷帐等有碍观景的物件都撤去了，所以没有东西挡住视线。要说有什么不便之处，只有夜间从庭院蔓延进来的寒气有些寒冷，但躺在被褥里也不会被寒气侵扰。

不如说，夜间的寒气更令人舒畅。

明月下，可以看到白菊在夜色中如梦境般绽放着。闭上眼睛，菊香便沁入鼻尖。

呼吸之间，如酒一般甘甜的菊花香气涌入鼻子，浑身上下都被那香气充盈。

半睡半醒地睁开眼，隐约能看见院中的白菊。

有了困意闭上眼，鼻尖萦绕着菊花的香气。

再睁开眼，又看见了月光浸润白菊的景象。

终于得到纪道明的菊花了……想要这宅邸的人有许多，而现在这处宅院已经属于自己了。

正忠沉浸在满足感之中，不知不觉间睡着了。

半夜里，他忽地醒来，耳边传来了声音。

一……二……

有人在数数，而且是女子纤细的声音。

正忠睁开眼睛，庭院就在眼前，有一个白影子兀自立在那儿。

一开始，正忠以为那是白菊。但是看着看着，意识渐渐清醒起来，那白影的轮廓越发清晰。

不是白菊，那是一个人，而且似乎是个女人。

三……四……五……

身着白衣的女子伫立在白菊盛开的庭院中，正在数数。

仔细一看，那女子将大朵的白菊抱在胸前，用白皙纤细的手指一片一片地摘下花瓣，扔在庭院中。

每摘下一片花瓣，她便用细微的声音数出数字。

六……七……八……

青色月光之中，那声音显得非常哀伤。

九……十……

数到这里，女人说着"还不来……"，然后抬起脸庞。

正忠看见了那张脸，是一位美人。那明眸朱唇在夜色中也清晰可辨。

女子眼神哀伤，注视着空中。

十一……十二……十三……

女子继续摘下手中白菊的花瓣。

为何庭院里会有这样一位女子呢？她又为何在做这样的事？

是人吗？如果不是人，是白菊的精灵吗？

这位白菊姑娘，你来自哪里，又在这里做什么？

正忠想问问她，却迟迟未能开口。

十二……

数到这里，女子像溶于月光中一般消失了踪影。

果然，她不是人。正忠心想。

翌日一看，庭院满地散落着女子摘下的白菊花瓣。

家里人正想清扫收拾。"且慢……"正忠制止了他们，让花瓣就这样散落一地。

次日的夜晚，女子又出现了。

一……二……

如昨夜一般，正忠在半睡半醒间听到女子的声音，醒了过来。

只见庭院里有位身着白衣的女子，与昨晚一样，手里拿着一枝白菊花，摘下花瓣，一片一片数着。

这是妖吗？正忠想。

即使是妖，她也依旧是个美人。

正忠情不自禁地对她说话："那边的姑娘，你来自何方？为何在那里摘菊花花瓣呢？"

可女子没有回答，只是在月光中摘着花瓣。

三十……三十一……

那一夜，女子数到了三十一，消失了。

第三个夜晚，女子也现身了。

"你叫什么名字……"

即使正忠开口问她，女子也没有作答。她一脸落寞，只是一味地数着花瓣。

四十一……四十二……

那一夜，女子数到了四十二，便消失了身影。

第四夜，也就是昨晚，据说女子又现身了，依然数着白菊花瓣。

27

七十八……七十九……

女子数到七十九的时候,幽幽地开口说:"今夜也不来……"

"这位白菊姑娘,可否告知我你的名字?你究竟为何如此悲伤地在数花瓣?究竟是什么人没有来呢?"

即便如此,女子依旧没有作答,接着消失在正忠面前,并没有留下只言片语。

"这是昨夜发生的事。"正忠说。

四

"那女子是谁?究竟为何做这样的事?我真是牵挂极了。"

"并不是让人感到害怕或恐惧,对吗?"晴明问。

"不是。那女子虽然看起来像妖怪,但我并非因为她可怕,才来找晴明大人……"

"那是何故?"

"那个女子为何神情那样悲伤,我想知道其中的缘由。"

"知道了又能如何呢?"

"若是可以,我想化解这女子的哀愁。"

"这样啊……"

晴明用手指抵着自己的下巴,沉思了一会儿,陷入了沉默,而后点点头,看着正忠说:"我明白了。总之,今晚将去府上拜访。"

"哦?您能来吗?"

"是的。我也想欣赏一下纪道明大人的菊花。"

"感激不尽。"正忠多次低头行礼,向晴明道谢后,告辞离席。

"有点让人期待了啊。"

晴明在正忠归去后,说道。

"期待?"

"嗯。"

"期待什么？"

"因为除了纪道明大人的菊花，还能听到你的笛声啊，博雅……"

"笛声？我也去吗，晴明？"

"反正你也空闲吧。许久未听，想听听你的笛声了。"

"吹笛无妨，可是我去的话……"

"无妨。正忠大人似乎也有此意。"

"只是……"

"你不去吗？"

"唔。"

"你不想看道明大人的白菊吗？"

"想、想看。"

"既然想看，不就行了，听说当下正值花期呢。"

"唔、嗯。"

"去吗？"

"嗯。"

"走吧。"

"走吧。"

事情就这样决定下来了。

五

抵达菊宅之时，天色尚明。

"可真是妙极了。"

被带到庭院中，首先发出赞赏之声的是博雅。

那的确是绝妙的菊花。

庭院里处处盛开着齐胸高的白菊。菊香盈满院中，只消吸一口气，便如同周身染满了菊花的香气。

"那女子就站在这附近吗?"晴明问正忠。

"是的。"正忠点点头。

博雅将视线转向地面,说道:"这里落了许多花瓣啊。"

"那一片地方落满了花瓣,都是那位白菊姑娘摘落的。"

"自那以后便没有清扫吗?"

"没有清扫……"

似乎想起了她的面孔,正忠闭着眼睛,喃喃而语。

晴明看着脚下,独自点头。

"哦?这就是那花瓣吧。"

不久后,晴明抬起头来,仿佛表明他已察看过所有该看之处。

"已经一并看过了。不久后天色便暗了,我等边饮酒,边等待她出现,如何?"

六

入夜之后,在夜晚的大气中,菊花香气愈发馥郁动人。

寒冷的夜色中,只有这香气让人觉得稍稍有些暖意。

菊宅的外廊上只点了一盏灯火,晴明与博雅对坐而饮。

与在晴明宅邸饮酒并没有多少差别,要说有不同的地方,便是那满庭白菊盛开的景象,以及离二人稍远处,橘正忠正坐在外廊上。

晴明与博雅推杯换盏,悠然饮酒。正忠只是静静坐着,甚至不伸手取杯盏。

"大人,一同喝上几杯如何?"

即便邀请他同饮,正忠也只是缓缓地摆头,沉默不语。

不久后,月亮自屋檐背面升起,清辉倾泻在庭院中。

月光中,满庭白菊绽放,这景象真是绝妙之极。

"可真是美不胜收……"博雅如同微微叹息一般说道。

菊花约有千株，在月光下，香气愈发浓郁。

"我说，晴明啊。"博雅甚至忘记了正忠还在身旁，用二人独处时的语调向晴明诉说。

"怎么了，博雅？"晴明也配合博雅，用惯常的语调回应。

"那位姑娘到底是怎样的人呢？"

"这可不清楚……"

"大约一年前，纪道明大人在这宅邸里消失了，对吧？与这件事有关吗？"

"这还不好说。"

"晴明啊，你来的时候，看着庭院和满地的花瓣，好像是一个人点点头说了些什么，不是吗？"

"嗯。"

"你已经知道些什么了吧？"

"嗯，多多少少有一点。"

"多多少少？"

"就是说，还不清楚所有的事。"

"多多少少也好。既然知道了，先让我听听吧。"

"不，如果和你说了，之后有错的话，你又会唠叨个不停了。"

"我不说。"

"你会说。"

"我不会说的。"

"这样的话，就一件事……"

"嗯……"

"正忠大人……"晴明不是对着博雅，而是对着坐在稍远处的正忠开口了。

"是。"

31

"白菊姑娘手中的菊花,是这庭院里的菊花吗?"

"这个……"

"若是庭院里的菊花,不论哪株被摘了,都应该能看到只剩下花梗的花,然而……"

"这我可连想也没想过,觉得她肯定是折了这庭院里盛开的菊花……"

"方才,我在参观庭院时,未曾发现被折断的花株。"晴明说。

"喂,晴明,你把这庭院中所有的菊花都查遍了吗?"

"嗯,大致吧。或许有看漏的,不过我的确没有发现。"

"这意味着什么呢?"

晴明没有作答。

"喂,晴明。"

"所以,我就知道这一点。但这意味着什么,我也不清楚。"

"唔。"

"不过,博雅啊,那位小姐如果来了,一问便知。"

"问、问的话……"

"嗯。"

"开口问她,她就能回答我们吗?"

"这也不清楚。"

"唔唔……"

"博雅,现在还是先不想为好。比起这个,我更想听你吹笛子,如何……"

"好,好的。"博雅点点头,从怀里取出了笛子。

是龙笛叶二,博雅从朱雀门的鬼手中得到的笛子。

溶进菊香的夜晚空气中,又添上了博雅的笛声。

犹如在与这笛声共鸣一般,月光愈发显得明丽,仿佛有光的颗粒在白菊四周闪闪发光地摇曳。

"可真妙啊，博雅……"晴明沉醉地低语。

博雅闭着眼睛，如同忘却一切般吹奏着，仿佛也沉醉于自己的笛声中。

片刻后，博雅睁开眼睛，将笛子放置在膝盖上。

这时，刚才未曾出现的女子已经站在了白菊丛中。

那位身着白衣的女子，在博雅吹笛之时现身了。

"晴、晴明……"博雅用沙哑的声音叫道。

嘘——

晴明用眼神制止了正想出声的博雅。

那是个曼妙纤细的女子，正用右手的纤纤玉指从左手中的白菊上摘花瓣。

一……二……三……

女子数花瓣的声音回响在夜空中。那是哀怨无比的声音。

晴明、博雅、正忠三人只是默默地注视着女子，听着她数花瓣。

二十七……二十八……

摘下的白菊花瓣一片一片地飘散在女子的脚下。

七十九……八十……

数到这里，她用令人心碎的声音说着："为何今夜也不来……"

然后，她又接着数起来。

八十一……八十二……

"可听得到我的声音？"

似乎是听到了晴明的声音，女子第一次停下了手，缓缓地转过头来，将脸朝向坐在外廊上的晴明。

"不知能否告知芳名？"晴明问。

"菊……"女子答道。

"菊？"

"这是我的名字。"

"那么，菊小姐，你究竟为何在这里做这样的事呢？"晴明问。

"我在等待纪道明大人的到来。"

"这样等待？"

"对。这样摘下白菊花瓣，每夜都在数……"

女子的手指动了起来，摘下了一片花瓣。

"一夜摘一片……"

花瓣飘落在地上。

"第二夜摘两片……"

她又摘了一片花瓣。

"每夜就这样数着，终于过了一百夜，他还是没有来。"

白菊的花瓣纷纷散落。

"开始数的时候，我很开心。数着一片、两片，还没数到三片，道明大人就来了。后来数到了七片、八片。不知何时，就算数到了五十片、九十片，他都不再来了……"

女子提高了声音，忽然大哭起来。

呜……呜……

凄厉的声音从女子的喉中发出。

"啊，道明大人，道明大人……"

女子双手捧着菊花，贴在自己的脸颊上，泪水簌簌而落。

"我憎你，我恨你，你肯定是有了别的女人。"

说着，女人的白色犬齿忽然变长了。

"负心汉道明，负心汉道明……"

嗖嗖几声，她口中的两颗犬齿更长了一些。

月光下，女子左右摆首，发丝之间忽地生出两只角。

"所以，你才会这样做啊。"

晴明用温和的声音向女人说道。

"是啊，今夜也不来。他已经不会再来这里了，已经去了别的女人那儿……"

女子摘下白菊的花瓣。花瓣纷纷掉落。

"无论你怎么摘，花瓣也不会减少的。"晴明说，"你所摘的东西并不是花瓣……"

女子看着晴明。

"你怀中抱着的东西也不是花……"

晴明的声音温柔地在院中回荡。

"你正在拔的是头发。"晴明说，"你怀中抱着的也不是白菊，而是道明大人的首级。"

晴明说完那一瞬间，女子手中的白菊花变成了男人的头颅。

女子脚下，散落在整个庭院中的不是白菊花瓣，而是人的头发。

博雅看见了这一幕。正忠也察觉到了。

"晴、晴明……"

"晴明大人……"

二人同时出声叫道。

"啊。"女子喊出声来。

"啊——啊——"她抱着道明的头颅，在白菊中苦苦挣扎。

月光下，她犹如发狂一般起舞，犹如高歌一般嘶喊。

女子的身影在白菊丛中舞动。

而后，她便从众人的眼前消失了，只留下道明的头颅滚落在白菊丛中。

七

"可真是辛酸的过往啊。"

博雅感慨地说道。

这是在晴明宅邸的外廊。这一晚，二人正在饮酒。

从前往菊宅那天算起，已经过了五日。

在晴明的指示下，正忠差人挖掘院中白菊下的土地，从那里挖出了下落不明的纪道明的无头尸身。

名为阿菊的女子的尸体，则在西京尽头荒寺后的林子里被人发现了。

"那位小姐无法瞑目，才每夜到道明大人埋葬尸身之处，做那样的事……"

"嗯。"晴明应道。

"据正忠大人说，自那以后，那位女子就再也没有出现了，菊小姐应该已经瞑目了吧。"

"或许吧。"

"你不知道吗？"

"或许已经瞑目，或许还没有……。"

二人的尸体已经被埋葬，并由僧人诵经超度。

"即将入冬了……"

晴明幽幽地说，似乎是忽然感到了夜晚的凉意，拢了拢衣襟。

"是啊……"

"这庭院也会如满地白菊一般，落满皑皑白雪吧。"

"我说，晴明啊。"

博雅用如同思念着谁一般的声音说道。

"怎么了，博雅？"

"菊小姐能不再有遗憾就好了……"博雅低声说道。

"是啊。"晴明用轻柔的声音应答着。

龙神祭

一

黑夜之中，梅香四溢。

晴明宅邸的庭院里，梅花正值花期。

入夜之后，风虽然依旧冰冷，但不像前些时日那般刺骨。

如果没有风，只是闻着溶于夜气中的梅香，便已觉得醺然欲醉，甚至觉得周身都暖和了起来。

琵琶的声音回响着，摇荡着与梅香相融的大气。

琵琶声悠扬婉转。正在弹奏琵琶的人是蝉丸法师。此刻，他正坐在晴明宅邸的外廊上。

晴明与博雅正在聆听。

住在逢坂山的蝉丸时隔许久来到都城，拜访晴明宅邸。

得知蝉丸会来，晴明便差蜜鱼通知博雅这一消息。

将琵琶玄象从罗城门的鬼那里取回之后，蝉丸每到都城，三人便会相聚。

仅有一盏灯火，三人正在对饮，膝前摆放着盛了酒的杯盏。每当杯中空了，身着唐衣的蜜虫便会斟上酒。

晴明不时地用细长的手指握着酒杯,将酒送入口中,而博雅的杯子却没怎么动。

蝉丸右手执着拨子,抵在弦上,声音如珠玉般响起。

那乐声使夜晚的大气颤抖,也让溶于其中的梅香颤动。梅花的香气似乎在夜色中更加浓郁。

琵琶声停止了。蝉丸将握着拨子的手放回膝盖上,可那声音依然像留在夜晚的大气中一般,久久未散。

晴明闭着双眼,犹如在倾听尚未散去的琵琶余音。

"可真是绝妙的琵琶啊……"片刻后,晴明缓缓睁开眼睛,"犹如佳酿,余音仍在我的胸间缭绕。"

"过奖过奖。"蝉丸将拨子收进怀中,放下琵琶,低头行礼。

他那双看不见东西的眼睛望向庭院,闻着梅花香气,说:"今年春天来得稍微有些早啊。"

庭院里,青色月光自天上倾泻而下。点点梅花在夜色中泛着白光。

"博雅,如何?"晴明问博雅。

"什么如何?"

"能让我听听你的笛声吗?"晴明说。

"关于这事,晴明啊……"博雅的声音有点无精打采。

"怎么了?"

"今夜没有带上笛子。"

"没有带叶二?"

"嗯。"

叶二是博雅时常随身携带的笛子——龙笛的名字。

曾几何时,博雅与朱雀门的鬼共同吹笛之时,将自己的笛子与鬼的笛子互换,一直没换回来,叶二便留在了博雅手中,这本是鬼的笛子。

总是不离身的叶二,博雅却没有带来,这着实少见。

"难道是丢了？"

"不。"博雅摇摇头。

"那是怎么回事？"

"关于这个，晴明啊，我也不是很明白。到底是消失了呢，还是被谁偷走了呢……"博雅的声音中透出无能为力的感觉，一脸仿佛要哭出来的表情。

"难怪啊。"

"难怪什么？"

"你不喝酒的原因。"晴明说。

博雅没有出声，只是点点头。

"那支叶二消失了吗？"蝉丸知道叶二的由来，也曾无数次与吹奏这支笛子的博雅合奏。

"真是遗憾。"蝉丸微微摇头。

"昨夜，我将叶二放进锦袋里，入睡时放在了自己的枕边。早上醒来，叶二却不见了……"

"不见了？"

"是啊。要是有人进来偷盗，我肯定会察觉。既然在我没有察觉的情况下将叶二拿走了，难道说对方并非人类？难道是朱雀门的鬼想让我归还，拿走了叶二？"

"不，若是鬼，不会做这样的事。即使要拿走，也应该会将你的笛子放在枕边。"

"是这样吗？"

"嗯。"

"所以，我本来打算今天找你商量此事。恰好收到了你的消息，说蝉丸大人要来。觉得正好，就出门了。"

"你说是昨晚的事？"

"是啊。"

"是否发觉过其他的异样之事？"

"的确有，不知是不是与此事有关，在放叶二的地方，放着其他东西。"

"什么东西？"

"我也不清楚，看形状像碎金子。"

"碎金子？"

"我记得我放置叶二时，旁边并没有这样的东西，不消说枕边，就是宅子内的任何地方都不可能有碎金子。所以我想一定是拿走叶二的人遗落的，或是放在那里的。"

"那碎金子呢？"

"我带来了。"博雅说着从怀里取出折好的纸。

"是这个吗？"晴明接过那纸，打开了。

正如博雅所说，里面是小粒的黄金。

"这不是普通黄金啊。"晴明将黄金颗粒倒在手掌中，接着挑在左手食指的指尖上，对着灯火看。

它的大小就像是把米粒大小的黄金敲碎，比一般的小颗粒更圆润、更扁平。

定睛看去，晴明喃喃道：

"这是鳞片啊……"

"鳞片？"

"对。"

"黄金鳞？"

"是的。"晴明将那东西放回了纸上。

"还真是。"博雅拿过纸片，将那东西放在指尖上对着灯火看，"可是，我真不明白，为什么叶二消失了，却留下了这样的东西？"

"要调查一下吗，博雅？"

"这样的事能弄清楚吗？"

"不试试可不知道，但应该问题不大。"

"什么时候？"

"任何时候都可以。今晚也可以。"

"今晚？"

"对。即使是明天，也是做同样的事。如此说来，今晚做也不坏。只是看情况而定，或许得出门。"

"出门？去哪里？"

"这可不知道……"

晴明没有看博雅，而是看着蝉丸。

"我没有关系。博雅大人想必很担心叶二之事，我也希望今晚能弄明白。"察觉到了晴明的意思，蝉丸说道。

二

外廊上放着纸做的乌龟，龟壳有人的手掌一般大小。

在博雅和蝉丸面前，晴明剪了纸，折成了乌龟。他将那乌龟拿在手中，直起身子。"那么，我们下去吧。"

"下去？"博雅问。

"嗯。"晴明点点头，扶着蝉丸的手站起来。

"我也去？"

"还请一同前往。那边的台阶下已经备好了鞋。我们走吧。"

晴明用左手牵着蝉丸的手，走了出去，右手中拿着纸做的乌龟。三人走下台阶，蜜虫左手掌灯，右手握着刚才博雅用过的杯盏。

"请放在这里……"

蜜虫将杯盏置于台阶上。一看，里面还盛着酒。

"博雅，将刚才的东西放在这儿。"

"刚才的东西？"

"就是黄金鳞。"

博雅照晴明所说,从怀里取出纸包,在晴明面前打开。晴明从中取出黄金鳞,将这亮闪闪的薄片放在手指上,然后轻轻地将其置于酒水上。

那金色的鳞片浮在了杯中的酒上。

晴明取过酒杯,放在纸乌龟上,右手食指抵着唇,低声念咒。

念完后,他用食指触摸着乌龟的头。

"夕阳西沉,人返大地,汝亦可速速归于主人身旁……"说着,他将手指移开。

"动、动了,晴明!"低头看着乌龟的博雅叫出声来。

纸龟用四肢慢悠悠地爬动着,爬到了地上。

杯中的酒没有洒出来,浮在表面的黄金鳞也没有下沉。

"好,我们走吧。"

晴明跟在乌龟身后,迈出了脚步。

三

乌龟来到土御门大路上,往西前行,上了大宫大路后向左拐去,开始往南走。

月光自高空倾泻而下,映照着这番景象。

晴明、博雅以及身上背着琵琶的蝉丸跟在后面。蜜虫手持灯火,一同前行。

沿着大内里走了一会儿,经过了二条大路,右侧已是神泉苑。

这时,乌龟改变了方向,穿过神泉苑东门,进了门内。

"晴、晴明……"博雅像轻声发问一般叫着晴明的名字。

"我们进去。"晴明扶着蝉丸的手,在蝉丸耳畔说:"接下来就到神泉苑了。"

晴明、蝉丸、博雅依次进入门中。

若是夏日，这里应该满眼是郁郁葱葱的林木，不过离新叶抽芽还有一段时间。

抬头望去，向夜空伸展的枝条之间，可以看到月亮和星辰。

不久后，来到了池畔，池中倒映着月亮的影子。

纸做的乌龟没有停步，悠悠地从岸上进入水中。

纸被水浸润，乌龟立即就变了形，浮在了水面上。

晴明取过浮在水面上的酒杯，说了句"那接下来该如何呢"，环顾四周。

右手边是自丰乐殿伸出的廊子，一部分延伸到池中央。那里有个小楼台，楼台的一半筑在了池水中。

楼台下，停泊着一只龙形船首的小舟，是殿上人在神泉苑的池子里泛舟时用的。

"我们用那个。"晴明牵着蝉丸的手，迈出脚步。

"你说用什么？"

"小舟。"

"小舟？！"博雅发问之时，晴明已经走上前，靠近了小舟。

晴明在小舟前止步。船头依水，船尾靠岸而停，自地面到船上架着一块木板。岸上有木桩，小舟上的绳索拴在了那缆桩上。

面对想要发问的博雅，晴明却问："博雅啊，最近你在这神泉苑做了什么？"

"做了什么？"

"什么都可以。你来过这里吗？"

"来、来过。"

"何时？"

"三日前，与藤原兼家大人一同在此参加宴会。那时候……"

博雅似乎想起了什么，停顿了一会儿，接着说："按照兼家大人所求吹了笛子。"

"吹了叶二？"

"是的。"博雅点点头。

"是因为这个啊。"

"因为什么？"

"去了就知道了。"

"去？"

"嗯。"

"去哪儿？"

"去叶二所在之处。"

"叶二所在之处是哪里？该怎么去？"

"坐这小舟去。"

"小舟？"博雅看向四周，虽然是夜里，可还能分辨出这是神泉苑的池子，"能去哪里呢，从这里哪儿也去不了，不是吗？"

"总之先上船吧，博雅。在船上也可以慢慢说。"

"可是、可是……"

"你不去吗？"

"唔……"

"去还是不去？"

"去、去……"博雅点头。

"走吧。"

"走吧。"

事情就这样定下来了。

四

博雅先上了船，然后是蜜虫，接着是蝉丸。

最后上船的是晴明。

他解开系在缆桩上的绳索后，上了小舟，先走到船头，将浮着黄金鳞的酒杯放在龙首上。

博雅卸下架着的木板，放在了船内。

博雅与蝉丸都坐在平坦的船底。晴明从船底拿来横放着的竹竿，插入水池，轻轻划动水底。

小船的底部擦过浅浅的水池，水的阻力随即消失了，船悠悠地浮在了水面上。

晴明立在船上，重新提起竹竿，将竹竿的末端挥向水面。

他开始低声念咒，边念边用竹竿的一头在水面上画着图案，并写着一些咒语。

神奇的是，无论晴明怎么写，那些文字都一直浮在水面上，没有消失。

晴明不断地在水面上写下去。最后，小舟的四周已尽是写下的咒文。小舟犹如浮在了他所写的咒语之上。

晴明将竹竿放回船内。

"夕阳西沉，人返大地，汝亦可速速归于主人身旁……"这样说着，晴明用右手食指触碰船头的龙首。

这时，分明没有人划动，方才停止的小舟却悠悠地动了起来。

"动、动起来了。"博雅发出了和刚才一样的声音。

"我们出发。"晴明说。

小舟缓缓地迎着水波前进。不久后，到了水池的中央。若是再往前，就靠近对岸了。

但是，船并没有抵达对岸。

时间慢慢地流逝。小舟是在前行，可是一直处于水池中央，没有要靠岸的迹象。

"喂、喂，这是怎么回事啊，晴明？"博雅焦躁地说道。

"没什么事,小舟不是正在前行吗?"

"可是,虽说在前行……"

博雅说话之时,晴明说:"看,到了。"

"到了个宽阔的地方啊……"蝉丸低声道来。

博雅环顾四周,提高了声音:"这里、这里是什么地方?"

这里不是神泉苑的水池,而是在一处宽阔的水面上。

小舟的四周被晴明写在水上的咒语包围着,这情形与原来一模一样,可四周的风景却完全不同了。

此时正是夜晚。夜空中挂着一轮月亮,下面是一片如海一般宽广的水面。水上平静无波,没有风浪。

在遥远的彼方,能看到山顶积雪的群山。虽然是在夜色中,那白茫茫的群山也清晰可见。

这片海域,或是湖泊,似乎被群山包围着。

从月亮的位置来看,群山居于南方。虽然遥远,那兀立的岩峰的大小也清晰可辨。明明在遥远的彼方,从此处却能看见山的轮廓,可见山体之庞大。

北侧也是积雪的群山,中央有一座格外庞大、直插云霄的山峰。皑皑白雪如冠盖般覆在岩峰上,历历可见。

大地、水域、天空。

以及空中的一轮月亮。

夜空下的群山。

除此之外,并没有别的东西,甚至看不见一株树木。

"这是哪、哪里,晴明……"博雅不安地问道。

"是阿耨达池,博雅。"晴明答道。

"阿耨达池?!"

"是天竺大雪山北面的广阔湖泊。"

"你说是天、天竺?"

"是啊。"

"我们究竟是什么时候到天竺的？"

"就在刚才。那北方能看见的山是大自在天的住所，是大自在天的男根冈仁波齐峰。"

"你说什么……"

"这阿耨达池正是善女龙王栖息的湖泊。"

博雅顿时一句话也说不出来。

五

小舟仿佛漂浮于虚空之中。这是何等宽阔的湖泊啊。

如同受到惊吓一般，博雅看了一会儿眼前的景象，仿佛想起了什么，喃喃自语："可是，是如何从神泉苑到达这里的呢？"

"你不知道吗，博雅？"晴明说。

"不知道什么？"

"神泉苑与这阿耨达池其实是相连的。"

"你说什么？"

"古时淳和天皇之际，空海阿阇梨为了与人较量法力，在神泉苑进行了施法祈雨。"

"什么？"

"首先进行祈雨的是僧人守敏。守敏无论如何施法，都没有降下一滴雨。"

"是这件事啊。"

"然后空海阿阇梨施法，也没有降雨。空海阿阇梨觉得奇怪，便用法力搜寻了一番，发现天地之间的诸龙被收在了一个瓶中。是守敏为了妨碍空海阿阇梨施法，才做了这样的事。"

"嗯。"

"可是,只有这阿耨达池的善女龙王法力无边,守敏难以靠法力将其收入瓶中。"

"……"

"于是,空海阿阇梨便在神泉苑与阿耨达池之间,借助法力开辟道路,召唤了善女龙王。"

"于是雨……"

"嗯,就降下来了。"

"原来如此。"

"善女龙王那时使用的路还留着。我们是借着此路来到了这里。"

"原来是这样。"

"你知道吗,博雅?"

"知道什么?"

"据说善女龙王曾坐在九尺白蛇的蛇头上,现身于神泉苑。"

"是吗?"

"据说其体长有八寸,是一条金色的龙。"

"也就是说,那……"博雅指着摆在船头龙首上的酒杯说,"那里浮着的黄金鳞就是善女龙王的……"

"龙鳞吧。"

"那就是说,善女龙王来到了我的宅子,带走了叶二,留下了那龙鳞?"

"应当是如此。"

"可是为何呢?善女龙王为何要做这种事?"

"不知道。"

"什么?!"

"因为不知道,所以我想问问。"

"问谁?"

"问善女龙王。"

"你说什么？"

"我们带着善女龙王的龙鳞，来到了这里。善女龙王应该已经察觉到了，相信不久后便会现身。"

晴明话音未落，小舟一旁的水面上起了波浪，一条长约三尺，浑身遍布五色鳞片的鱼从那里露出头来。

"这是倭国神泉苑上的小舟……"那鱼开口说道。

"晴、晴明，鱼开口说话了。"

"这是阿耨达池中的多舌鱼，可听人语，也能道人语。"晴明说。

"知道得可真多啊。"那多舌鱼说。

"有何事？"晴明问。

"方才善女龙王说，有一只不知来自何处的小舟到了这阿耨达池。这舟若来自倭国神泉苑，载着一位名为源博雅的大人，就为其带路。"多舌鱼说。

"在下源博雅。"

"烦请带路。"晴明说话之时，船已经划出了。

仔细看来，在小舟的下方，有一条青鳞的大鱼游动着，其大小竟有五十丈。

小舟架在了鱼背上，乘浪而行。

到了阿耨达池中部，小舟自然地停下来。背着小舟的大鱼也好，多舌鱼也好，都消失了。

这时，船头下的水面上，有个身影自水上升起，出现在月光中。

那是一条约有九尺长的白蛇。在扬起的蛇头上，站着一个高约八寸、闪着金光的人。

此人双手捧着的东西正是一支笛子。

"啊，这不是叶二吗？"博雅靠近船头。

"恭候已久，源博雅大人……"

那身披天竺样式的衣裳，化作女子模样的人开口说道。

"我是这阿耨达池之主,人称善女龙王。"

善女龙王说道:

"从前被空海阿阇梨召唤至神泉苑,让天下雨的正是我。"

"您手中所持之物是……"

"是叶二。"

善女龙王行了一礼。

"是昨夜我自博雅大人的宅邸带走之物。我本打算用完后再归还于您。作为凭证,留下了一枚我的鳞片……"

"是这个吧?"晴明指向那放在船头的酒杯。

"对,正是此物。"

"在下安倍晴明,是倭国的阴阳师。您所说的用,是指什么呢?"

"其实,今夜是百年一度的庆贺之日。"

"庆贺?"

"我成为此池之主恰好有三千年,此前每隔百年便会举行一次典礼。今年恰逢三千年整。"

"这真是可喜可贺。"

"承蒙居于近邻的神明列席,龙宫内的宴会正是热闹时分。"

"……"

"在这宴会上,无论如何也想听听的,正是这叶二的笛音。"

"是吗。"

"恰好三日之前,我不知从何处听到了绝妙的笛声。这到底是何方传来的笛音呢,我便循着那笛声,到达了倭国神泉苑。原来是博雅大人在吹笛,而这笛子便是叶二。"

善女龙王望着博雅,静静地低头行礼。

"我只愿在今晚宴席上听到这笛音,便未打招呼,带走了笛子。还请您原谅。"

善女龙王的语调十分平和。

"可是，我带走叶二时还一切无恙，之后却发生了意想不到之事。"

"发生了什么？"晴明问。

"叶二不会出声。"

"哦？"

"无论是谁吹奏，都没有声音。今夜也有数位掌管音乐的神明试着吹奏，但哪一位都无法吹响叶二。就在我等束手无策之时，博雅大人和晴明大人恰好光临此地。"

"因为那叶二是从鬼手中取得的笛子，除了博雅之外，其他人吹奏也不会鸣响。"晴明说。

"原来有这样的缘由。既然如此，博雅大人，还有一事相求。"

"什么事呢？"博雅问。

"现在我便将笛子归还于您，如果可以，可否在船上用叶二吹一曲呢？"

"若不嫌弃……"博雅说。

"感激不尽。虽然称不上是谢礼，但这鳞片还请笑纳。无论何种疫病盛行，只要您将鳞片含在口中，便不会染病。"

"多谢。"

"这笛音一起，想来众神便会现身，随着音乐悦然起舞，欢腾不已。请允许我以此为谢礼。"

"如果笛子能失而复得，我不用任何谢礼。"

善女龙王将叶二放在了博雅手中。

"啊……"博雅将叶二抵在胸前，喜不自禁地开口出声。

不等人催促，博雅便站在船上，将叶二抵在唇间。

叶二静静地鸣响，乐音汩汩地从笛子中流出。

"啊……"善女龙王提高了声音，"响了。就是它，就是这笛声啊。"

叶二的笛音飘到月光中，在清辉中升向高空。那笛声犹如带着色彩，映在水面上，一直传到远处大雪山的山巅。

"啊，是它，是它。"善女龙王的眼里淌下了泪水，"这是何等绝妙啊。"

白蛇从水中抬起头，左右摇摆。

"真是难以承受……"

善女龙王喃喃自语，身影立即化作了龙形。

那是一条金色的龙。

如同追逐着博雅的笛音，金龙舒展身体，腾飞到悬着一轮明月的高空。

这时，光辉夺目、身形伟岸的神明，一位接一位从水中现身了。

在阿耨达池的龙宫里参加宴席的各位神明，听到了叶二的笛声，忍不住纷纷现身。

出现在右边的是大自在天，其高约有三十丈。

左边是帝释天，其高约四十丈。

正面是欢喜天，其高约五十丈。

后面是广目天，其高约六十丈。

抬头望去，众位神明显得越发高大。

似乎有感于博雅的笛声，体内聚集的欢愉越多，神明们的形体便变得愈加庞大。

大自在天之大已有百丈……

帝释天之大已有百丈……

欢喜天之大已有百丈……

广目天之大已有百丈……

另外还有增长天、孔雀明王、持国天、毗沙门天……

不知何时，天空中有无数神明在飞舞。他们环绕着小舟，足尖立于水面上，挥舞手足，尽情地舞蹈。

"真是热闹非凡啊。"蝉丸说。

蝉丸将背在背上的琵琶取下来抱在怀中，用手握着拨子。

"我也来和一曲如何……"

"愿洗耳恭听。"晴明说。

蝉丸用拨子拨动琵琶。

铮……

琵琶的乐音投向水面，接着向空中跃起。

数不胜数的神明在阿耨达池的湖面上起舞，湖面不足以容纳时，便飞到空中舞蹈。

不仅是参加宴会的众神，甚至是住在大雪山的诸神和精灵们也被乐声吸引，在雪山山顶优雅地以足尖点地，翩然起舞。

大自在天腾飞于空中，立在冈仁波齐峰的峰顶开始舞动。

那神明有四只手臂，脚踏雪峰，四只手臂在月光中摇摆舞动。

踏一步，便是宇宙寂灭；踏两步，便是宇宙新生——这便是大自在天的舞姿。

几百……

几千……

几万……

几千万的神明如同受到感应，在月光之下纷纷起舞，而博雅继续吹着笛子。

待博雅将叶二从唇边拿开，蝉丸放下拨子，他们不知何时又漂浮在了神泉苑的水面上。

博雅出神地立在小船上。

"晴明啊……"博雅说，"刚才的是什么呢？是一场梦吗？"

"你看你的手，博雅……"

月光下，博雅看着自己的手。

那手中，的的确确地握着原已消失不见的叶二。

月突法师

一

阳光下，樱花花瓣缤纷落地。

正是樱花的花期，不过散落的花瓣并不多。

距离纷纷扬扬地飘零，还有一些时日。现在离开枝头的花瓣只是少数。

一片、两片，那花瓣飘落的数目还能数得清。

"真是惬意啊，晴明。"

源博雅一边将酒杯送到唇边，一边说道。

这是安倍晴明的宅邸，晴明与博雅坐在外廊上饮酒。午后的阳光照着庭院。

"怎么了，博雅？"晴明白皙的手指握着酒杯，停在了唇边，那细长而清秀的眼睛注视着博雅。

"是这樱花之事吧。"说着，他的朱唇边浮现出微微的笑意。

"你可真懂我。"

"我自然懂。也不想想，和你一起这样赏樱饮酒，已有多少次了。"

"对，就是这事啊，晴明……"

"这事？"

"就是这样看着樱花盛开、飘零，不知看了多少回。"

酒杯还没有触到唇边，博雅便将它放回了外廊上。

"无论在何时，无论是何种状态，即便是当下，我看着这樱花，内心也难以平静。"

"是吗……"

"该怎么说呢，总是有一种难以言喻的、不快而哀伤的情绪缠绕心间。不可思议的是，我并不抵触这种五味交织的情绪。"

"所以呢……"

"我似乎反而乐在其中。"

"哦？"

"此刻我们所看到的樱花，似乎与去年相同，其实却又不同。"

"嗯。"

"去年的樱花也不是前年的樱花。樱花每一年开了又落，翌年再次开放，看似与前一年相同，其实并不一样。这一生中，看似在年年观赏同样的樱花，其实年年有异，好景不重来。"

"嗯。"

"虽说有所不同，樱花确实又年年绽放，并无二致。该怎么说呢，我无法准确地描述，其实不仅樱花是如此。"

"嗯。"

"梅花也好，菖蒲也好，红叶也好，其实都与樱花相同，终究是循环往复之物。我越发觉得，在这些循环往复之物中，只有我被剩了下来，晴明。"

"……"

"樱花、菖蒲、红叶都没有变化。在这之中，不断变化的只有我，唯独我日渐衰老。"

"嗯。"

"若是看着樱花,晴明啊,我的心便摇摆不定,犹如琵琶弦一般震颤不已。而且正如刚才所说,看着自己这动摇不定的心,倾听这震颤的弦音,我却并不觉得讨厌。"他再次将酒杯握在手中。

"赏樱之时,我的心犹如与那樱花在共鸣,震颤,在这日光中共同奏着乐音……"博雅感喟道。

"方才所说的惬意,就是这么一回事,晴明。"

说罢,博雅终于将酒杯送到唇边,喝下了酒。

"现在看到的樱花亦然,不出十日,便将散尽了吧。"随后,他又叹息道。

"不过啊,博雅,可未必都是如此。"晴明说。

"什么未必都是如此?"

"樱花的花瓣未必都会散尽。"

"你说什么?!"

"就是说,也会有极少的几朵,有一两瓣不会散落,一直留在枝头。"

"怎么可能?"

"樱花飘零殆尽之后,便会生出绿叶。虽然因为绿叶遮挡无法看见,但时而也有不会飘落的樱花。"

"是嘛。"

"嗯,不过留在枝头的花瓣,终究也会在秋日里与叶子一同飘散……"

"是啊。"博雅点点头说,"若用人来比喻,毕竟也有白比丘尼这样的人物。"

白比丘尼是指八百比丘尼。数年前,晴明曾为这位吃过人鱼肉、拥有不老之身的女子除去祸蛇。

"不过,博雅啊,是不是快到了?"

"快到了?"

"快到兼家大人来的时刻了吧。"

"是啊，兼家大人因为一位奇妙的法师，有事前来呢。"

"这事本就是你转达给我的，不是吗，博雅？"

"是我传达的。"

博雅点头之际，从外廊那头传来了人的动静。

"晴明大人……"女人的声音响起。

"兼家大人到了。"蜜虫向二人传达来客已至的消息。

二

"不必，这里就行。"

兼家对想把自己带入里屋的蜜虫说着，走到了晴明和博雅面前。

"我来了，晴明。"

兼家用右手扶着自己圆鼓鼓的肚子，坐在了外廊上。

一看，晴明与博雅面前放着食案，还备好了酒。但只有两只杯子，没有准备兼家的杯盏。

原本是打算将他带到屋里谈话的，可兼家已经朝这边走来了，外廊自然成了交谈之所。

"我也来个杯子吧。"兼家说。

他拿过晴明让蜜虫备好的酒杯，说着"上酒"，往前伸出。

蜜虫往里面倒入酒。兼家一口便饮尽了第一杯。

"再来一杯。"他又递出酒杯，蜜虫再次倒满。

兼家这次喝了一半左右，将装着剩酒的酒杯放回了食案上。

"其实说真的，晴明。我是不想来你这儿的。"

"这又是为何？"晴明问。

"我不想欠你人情啊，晴明。"

"人情？"

"欠你的人情越多，我就越不自在。"

"哪有这样的事。"

"我那时宣称在二条大路遇到百鬼夜行,也是你帮了我。"

"我记得。"

那时,兼家的女儿超子以在原业平的《夜露》出谜考博雅。晴明替没能答出来的博雅解答了谜题,帮助了兼家。

"扑地巫女之时,又为我识破下了蛊毒的瓜。要是吃了那瓜,现在就无法与你面对面喝酒了。"

"还有这样的事吗?"

"有。"兼家利落地说,"啊,晴明,为什么你不向我索求任何东西呢?"

"您指什么?"

"你总是这样敷衍我,这是我无法原谅你的地方。你要是能向我索求金钱,我也就安心了。为什么你不说想要金钱或者官位呢?"

"因为我既不想要金钱,也不想要官位。"

"所以说啊,晴明,我总是无法理解你这个人。你的话总让我有种闷闷的感觉。"

兼家是个性情直爽的人。

"是。"

"所以我啊,在不知不觉间把你当自己人了。"

"自己人?"

"在宫中,若有人传你的谣言,我就会斥责那些人,告诉他们没有这样的事。你看,不知从什么时候起,我已经中了你所说的咒,对吧……"

"我没有施咒。"

"你总是让我没法安心。这次也是,其实放任不管也可以,但我又有些担忧。但是这样一来,今后我是否再欠你人情,都将令我无法安心。所以呢,我才请博雅大人为我牵线。"

"听说有关一位奇妙的法师？"

"是啊，那奇妙的法师出现了……"

"在哪儿出现？"

"就在我家中。"

"哦？"

"这法师出现后，对我说，万万不可砍了种在我家庭院里的松树。"兼家说。

三

事情是这样的。

三日前，这位法师拜访了兼家的宅邸。

来者是位上了年纪的法师，僧衣上披着一块不知是绢布还是何种材质的薄衫。

那薄衫千疮百孔，破旧不堪。但若是个云游四方的行脚僧，一身破衣烂衫倒也不奇怪。

法师的名号叫作月突。

"心向佛法，直突明月，故以此为名。"法师说。

询问其为何而来，这位月突老法师说了些让人诧异的话。

"您家庭院里有松树吧？"老法师说。

院中的确有棵松树，这并不是什么稀奇事。无论哪处宅邸都栽有松树，兼家府上也有三株。

"其中一棵将于五日后被砍倒？"

"是啊。"兼家点点头。

去年夏日里落雷，这棵松树顶部开裂，将近一半树干被烧毁。虽然还活着，但种在庭院里未免有些难看，便决定今年将这棵树砍去。

"可否请您别砍那松树？"

就算老法师这么说了，可这事已经定下，而且已安排下人在五日后动手。

"究竟为何不能砍伐松树呢？"兼家询问这位老法师。

"我就算说了，恐怕一时半会儿您也不相信。明日我再来拜访，届时将告诉您……"说着，那老法师回去了。

可是翌日，不消说那老法师，根本没有人来到兼家的宅邸。

及至中午时分，兼家还时不时想起那老法师，等到傍晚已经全然忘记。入夜后，他便上床就寝了。

入睡后不知过了多久，耳边传来低沉的声音，身体被轻轻摇晃。

"兼家大人……"

"兼家大人……"

"兼家大人……"

据说兼家睁开眼后，只见枕边坐着那位老法师。老法师用手触碰着兼家的身子，摇晃着他。

兼家差点就要张口出声，但没有叫出来，因为老法师的声音不可思议地顺耳极了。

他的声音与其说是从口中发出的，更像是从丹田发出的。

"已经到约定时间，我来接您了。"

约定？！和这老法师做了什么约定？

啊，是昨日那件事吗？可是没有约好会来接我，或者说去什么地方啊。

思忖之际，兼家的手已经被拽住，身子也立起来了。

那力道并不野蛮。月突法师用温和的力度握着兼家的手，轻轻一拽，兼家便被这并不大的力气拉了起来。

府中之人正在酣睡，没有醒来的迹象。

法师拽着兼家的手，迈出了步伐。兼家也被拉着走起来。

二人踏着外廊的木板，走到了庭院，来到了月光之下。

空中悬着一弯月亮,清辉洒遍庭院。

兼家记得自己被带着继续往前走,却不知自己是在哪里走,又是如何走的。

等到发觉时,已经穿过木门,被带到了一处围着土墙的宅邸中。

那真是一所奇异的宅子。梁柱均用木头制成,墙壁却是用土造就。砌墙的土似乎没有干,还散发着潮湿的气息。

天花板——应该说是屋顶上开了一个小洞,恰好可以看见悬在高空中的明月。

屋子里,有数不清的小沙弥在高声诵经。

他们诵的是《法华经》,正好念到"从地涌出品"这一段。

应世尊之言语,大地震动开裂,从中源源不绝地涌出无量千万亿遍布金光的菩萨摩诃萨。

> 三千大千国土。地皆振裂。
> 而于其中有无量千万亿菩萨摩诃萨同时涌出。
> 是诸菩萨身皆金色。三十二相无量光明。
> 先尽在婆娑世界之下。

小沙弥们齐声诵经。

再一看,有许多女童正围绕着这些小沙弥,注视着他们。

仔细看去,柱子背面,黑暗深处——目力所及之处都有女童,那数量与小沙弥一样,应有上千人。

女童们出神地注视着小沙弥,没有一个人出声。

此处有这么多的孩童,观看的女童中即使有人想说话,大概也只能闭口不言。

兼家问近处的一名女童:

"这些小孩儿究竟是什么人,你们都从哪儿来?"

兼家询问时声音温和，可那女童看着兼家，只是微微摇头，没作任何答复。

兼家抓住她旁边的另一个女童，问了同样的话。

"这是怎么一回事呀？"

可是依然没有回答。

"别勉强了，兼家大人。"月突法师说。

"你说什么？"

"这里的女童都无法开口说话。"

"为什么？"

"她们生来就是如此。"

"什么?!"兼家震惊不已。

"这里的千余位女童都无法说话。"

"你说什么?!"兼家情不自禁地提高音量。

"还请冷静下来。"

月突法师从怀里取出一个杯子，贴在边上的一根圆柱上面。从那柱子上淌下了不知是何物的汁液，流入杯中。

"这是我等饮用的甘露。喝下此物，便能心神安宁，还请试一试。"

法师将盛着甘露的杯子递给兼家。兼家接过后喝下，舌上留下了既有些苦涩又带着甘甜的味道，内心果然平静下来了。

"今年是此处之人诵读此前所记的经文的年份，而且是第七年，是特殊的一年。还请您万万不要砍伐那棵松树。"月突法师说。

"还请万万不要……"

听着这声音，兼家不禁恍惚起来，如同困意袭来一般。

不知是梦还是真，等醒过来——

"已经是早上，我在床上睁开了眼……"

但自己脚上沾上的泥污，证明这并不是梦。

四

"首先是那松树,那树是有什么来源吗?"晴明问兼家。

"是七年前的秋日,从云居寺迁移到我家庭院的。"

"云居寺?那就是净藏上人给的?"

"是的。"

净藏本是叡山的僧人,如今正在东山云居寺修行,他是曾官至大宰相的三善清行的儿子。

"恰好在七年前的夏天,净藏上人在云居寺论述佛法。我前去聆听,看到庭院里有一棵枝叶甚美的松树,极为中意,就恳请净藏上人赐予我。在那年秋日迁移的……"

"原来是这样。"

"是明白了什么吗?"

"不,还谈不上明白,那时谈论的佛法是……"

"对了,就是《法华经》,应该恰好说到我刚才说的'从地涌出品'这部分。"

"就是释尊明示,天地间求真之菩萨的数量无穷无尽这部分吗?"

"嗯。"

"与世间万物皆有佛性的教义有相通之处啊。"

"那真是一场让人受益匪浅、为之雀跃的讲法。"

"是。"

"那么,晴明,你是明白了什么吗?"

"还不明白。"

"不明白?"

"虽然不明白,倒是想到了一两件事。"

"哦?什么事?"

"我有几件必须得确认的事,之后再告诉您。"

"你就别对我隐瞒了,不行吗,晴明?"

"我先确认了在意的事,明日晚上再拜访府上。"

"明晚?"

"是。大人回去后,还请到庭院中与松树说一句话,'关于松树之事已经想好,还请明夜再来'。"

"你是说,这样做了,那法师还会再来?"

"是的。"

"好的,我知道了。"

兼家点点头,饮尽杯中酒,站了起来。

"被妖物威胁,难以下手砍院中的松树——要是出现了这样的谣言,可就让人头疼了。不过,要是砍了树,卷入了什么怪事,也不是我想看到的。好,就拜托你了,晴明。"

说着,兼家转过身去。

"不必送了,多谢好酒款待。"

说完,他便离开了。

五

"喂,晴明……"

兼家的牛车声在墙外远去后,博雅问晴明。

"怎么了,博雅?"

"刚才你说的在意的事情,是指什么呢?"

"这个啊……"

"怎么回事,告诉我吧。"

"别着急,博雅,到了明天就明白了。"

"现在还不知道吗?"

"还不知道。"

"所以啊，我是在拜托你说说你不知道什么。"
"不知道的事，我可没法告诉你。"
"喂，晴明，兼家大人也说了，遮遮掩掩卖关子可是你的坏毛病。"
"我没有遮遮掩掩，只是在弄清楚之前，还是不说为好。"
"想想我和你的关系。"
"总之先等等，博雅，在拜见过那位后说也不迟。"
"那位？"
"就是露子小姐。"
"那位吗？"
"嗯。这样的事，问露子小姐是最好不过的。"
"喂，晴明，这就是说，露子小姐知道你不知道的事？"
"正是。"
"……"
"不说这个，怎么样，博雅，明晚你也一同前去吧？"
"去哪里？"
"去兼家大人府上。"
"这、这是自然。"
"去吗？"
"嗯。"
"去吧。"
"去吧。"
事情就这样决定下来了。

六

晚上，博雅到了兼家的宅邸，晴明与露子已经在那里了。
"来了啊，博雅。"

"嗯。"博雅坐了下来。

屋里点着烛火,晴明、兼家及露子坐在室内,博雅坐在晴明身旁。

"许久未见,博雅大人。"露子向博雅行礼。她身着白色水干,长发束在脑后,看起来仿佛是一位还未举行元服礼的少年。

"我久闻大名,不过今日一见,可真是一位让人惊异的小姐啊。打扮就像男孩,还无所畏惧地出现在人前。"兼家喜悦地眯着眼,似乎十分中意这位初次见面的露子。

"露子小姐,已经与晴明谈过了吧?"博雅问。

"在来这里之前,已见过晴明大人,也谈过了……"

"谈了什么?"

听了博雅的询问,这位小姐瞧了晴明一眼。

"也问过黑丸,大体是无疑了。"

不知是否能说出来?这位小姐用眼神询问晴明。

黑丸即施了咒的毛虫,是露子的式神。

"博雅大人……"晴明端正了姿势,用郑重的语调说,"与昨日不同,今日有几件事可以说,不过从情况来看,我想现在暂时不说,今夜会更加有趣。"

"什么啊,不告诉我吗?"

"是明白了几件事,但仍然有不明白的地方。相信问问今夜来此的那位法师就明白了。"晴明低头行礼。

"博雅大人,我不知道你们在说什么,不过我也一样,还什么都没告诉我呢。今夜就交给晴明,我们放松一下吧。"一旁的兼家插话了。

"既然如此……"博雅面带不满之色,但还是点了点头。

酒来了。喝着这酒,一直到了夜半更深时分。

"来了……"晴明低声说。

众人望向庭院,月光下立着一位老法师。正如兼家所说,那位法师身穿薄衫。

"如何了呢?松树的事,您考虑好了吗?"月突法师说道,声音虽然并不响亮,却不可思议地十分通透。

"决定不砍这松树了。"晴明代替兼家回答。

兼家听到晴明所说,想要张口说什么,但没有说出口。

晴明突然说出"不砍松树",这是兼家不曾想到的。之所以没开口,是因为已决定将眼前的事都交由晴明应对。

晴明说完,老法师立即笑逐颜开,紧接着泪水簌簌地流过脸颊。

"我太高兴了。我的时日已经不多,大限到来之时能听到这样的好消息,可真是死而无憾。"

"您七年前听了净藏上人讲法,对吗?"

"是的,是在庭院里听到的。是《法华经》中的'从地涌出品'这段,听到自地里涌出千百万菩萨时,真是欢欣雀跃。那时有无数同伴一同听讲法,不知为何只有我活到了今日。七年以来,我一直牵挂着我们的孩子,所以跟着到了这里,现在终于知道为何让我活到现在了。"

"也就是说……"

"是为了请兼家大人不要砍那棵松树,我才活了下来。那时的幼子们,今年终于能出来了。我一直致力于教授这些幼子,让他们出来后能念诵那珍贵的经文。这个愿望终于实现了。"

"原来是这样。"

"我虽不是人身,却拥有了这样的形体,也是那无上经文的功德……"老法师在月光下微笑着。

露子小姐双眼含泪,出神地凝视着那法师褴褛的薄衫。

"不砍伐松树——只听到这句话,就已经足够了。我已行将就木,是在贵府会客厅以南的屋檐下渡过了这几个冬天。诸位之后前去察看,便能看到我的尸骸。南无妙法莲华……经……"

老法师低声说完后，便消失了踪影。

七

命令下人准备松明，搜查老法师所说的南边屋檐下，果然在那里找到了一只死去的蝉。

那是一只羽翼已经千疮百孔的寒蝉[①]。

八

"原来如此，那位法师大人竟是蝉啊……"博雅感慨地说。

这是在晴明宅邸的外廊上，晴明与博雅正在饮酒。

庭院中，樱花绵绵而落。

"听到了净藏上人讲法，因为《法华经》的功德，人的灵魂才寄宿在了他身上吧。"晴明说。

"这么说来，兼家大人被带去的是地下的蝉的世界？"

"只有男孩诵经，女孩一言不发，从这里我有了线索。从家中的柱子汲取甘露而饮，也只有蝉才会如此。"

"你问了露子小姐何事？"

"我问了，在土中七年之久的蝉到底是什么。"

"哦？"

"露子小姐说是法师蝉。她告诉我以后，我才能确信。"

"既然如此，你告诉我不也无妨吗？"

"不知道才更有趣，不是吗，博雅？"

"话虽如此……"博雅心中仿佛仍有不快。

[①] 日语中，寒蝉又可称为"法师蝉"。

"喝吧，博雅。"晴明少有地递出了酒瓶。

"嗯。"博雅手持杯盏，接过了晴明倒的酒。

二人感慨良深地对酌。庭院之中，月光之下，樱花纷纷飘落。

"留在枝头的樱花一直延续到秋日，与那位法师也是相通的啊。"

"嗯。"

"我说，晴明啊。"

"怎么了，博雅？"

"不论是长生还是短命，人只是活在此时此刻。"

"嗯。"

"所以啊，晴明，今天这一天，今夜与你对酌的这一刻，让我无比留恋。"

"我也是啊……"

"喝吧？"

"喝吧。"

晴明与博雅的酒宴，一直延续到了翌日的清晨。

九

那年夏日。

某日，在藤原兼家宅邸的庭院中，法师蝉齐声而鸣，其数量约有千余只。

所有法师蝉都停在那株松树上，千蝉齐鸣。

仔细倾听，那鸣叫声犹如是在诵读《法华经》。

无咒

一

"那是什么啊,晴明?"源博雅说道。

安倍晴明宅邸的外廊上,晴明与博雅正在饮酒。

这是夜里。

庭院的夜色中融入了绿色的香气。酒的香醇与那绿叶的气息一起,传到博雅的鼻端。

清辉自空中流泻下来,还不足以看清片片树叶、棵棵青草。但在那香气之中,却能感受到无数树叶与青草的气息。

种类不同的树叶与青草的香气,在夜晚寒凉的大气里,酝酿着若有若无的温度。

比起酒,博雅或许更为这夜色的芬芳而陶醉。

"你说什么,博雅……"

晴明纤细白皙的手指握着酒杯,正往唇边送,此时停下来说道。

"来了呢。"

"来了?"

"我一吹笛,似乎就有什么会过来。"

"有什么会过来?"

"是啊。我也不知道那到底是什么。"

"我也不知道呢,博雅。你能说得明白点吗?"

"嗯。"博雅点点头,"是这么一回事,晴明。"

他放下手中的酒杯,开始讲述。

二

"其实啊,我最近晚上会去船冈山。"

"为何?"

"我刚才不是说了嘛,为了吹笛。"博雅说。

船冈山是御所——也就是大内北侧的山。南北走向的中轴线将京城分成东西两部分,恰好穿过这山的山顶。

"然后呢……"晴明催促博雅说下去。

"恰好是在十日前开始的,去了约有五日。"

日暮时分乘牛车外出,让其余的人在下面等待,博雅只带了一名侍者,徒步来到半山腰。

这座山岗并不是格外高大,形如停泊的船。

不过,一旦进入山中,便能看出粗壮的树木周围萦绕着深山中特有的灵气。

"十日前,我参拜船冈山时吹奏了笛子,笛声传得很远。想着既然如此,晚上吹奏会如何呢,便试了一下,不想叶二发出了非此世间能听到的绝妙乐音。于是自那时开始,就天天去那里了。"

进入窄小的山路,只见在一株巨大的楠树下,有一块岩石从土里钻出来。

博雅坐在那岩石上,点亮一盏油灯,让跟着的那位侍者也下山去了。

众人都在山下等待博雅。夜晚的山中，只留下博雅一人在那儿吹奏笛子。

吹奏之时，博雅察觉到了一件怪事。

"似乎有种说不清道不明的东西，正往四周聚集。"

他将叶二抵在唇上吹奏。淡淡的烟向空中飘去，笛声也如这烟雾一般，悠然绵长。

博雅的笛子与夜幕共同振动，奏出音乐。

一道道的月光从树梢间滑落。在那月光中，笛声犹如几条小龙在舞动。

随着笛声响起，某种气息向博雅周围聚集而来，犹如深山的灵气一般。

一颗颗石子，一棵棵树木，一片片叶子，风，气味，色彩——这些物质拥有的一丝丝气息，被博雅的笛声吸引，逐渐形成了某种形状。

沉睡在岩石和巨树里的时间也被博雅的笛声唤醒，聚集在黑暗中，如同某种目不可视的生物，在黑暗的某个角落呼吸。

是在那边的岩石背后吗，还是在这边的树木背后？抑或在那边的草丛之间？

这东西散发着稀薄的光芒，在一片漆黑中倾听博雅的笛声。

"我就是这么感觉的，晴明。"博雅说，"我以为是错觉，可是，确实有什么东西在那里看着我。"

是山的气息，还是山本身？

那东西犹如蜷缩在黑暗中，纹丝不动地倾听着博雅的笛声。

比起第一日，这种感觉到了第二日更为明显，而相比第二日，第三日又更为强烈。

"而且，晴明啊，我丝毫不感到害怕。"

独自一人身处山中，如果在黑暗中察觉到了某种气息，应该是极为恐怖的事情。可是，博雅却不觉得恐惧。

"我是不是有些不对劲？"博雅问道，"想到那东西靠近我，倾听我的笛声，我反而为之欣喜，为之振奋，所以愈加用心地吹笛子。"

"五日之后便不再去了，又是为什么呢？"晴明问。

若是平常的博雅，是不会过了五天便停下的，或许会持续十天，甚至一个月都天天去那个地方。

"看见了啊。"

"看见？看见什么了？"

"看见鬼了。"博雅若无其事地说，"不过，晴明，看到鬼的可不是我，是我宅子里的下人们。"

在第五个夜晚，博雅归来的时间比往日迟了些。

到平日该下山的时刻，还是迟迟不见博雅下来。大家开始担心，于是派了两个侍者手持松明，登上船冈山的山间小路。

没走多远，便听到了博雅的笛声。

侍者们放了心，回到方才说的地方，看到了对面博雅的身影。

那里摇曳着一点灯火，博雅正在吹笛。

看到这景象，两名侍者不禁"啊！"的一声大叫起来。

据说，在博雅面前站着一个约有两个人那般高大的鬼，正要吞噬他。

"博雅大人！"

"危险！"

两个侍者看到这一幕，大喊着逃走了。

博雅这才察觉到二人离去，心想肯定是发生什么事了。

"我就追着两个逃跑的人下了山。"

追上侍者之后，在松明火光的映照下，也能看出他们一脸铁青。

"博雅大人。"

"您没事就好。"

73

"这里太危险了。"

"我们速速回府吧。"

二人异口同声地说着。

"怎么回事？"博雅一问，侍者回答："方才有鬼在那里。"

"有鬼？"

"的确有鬼，正打算吞噬博雅大人您啊。"

侍者们不给博雅说话的时间，便将他推进牛车，连夜逃回了宅邸。博雅还不知道发生了什么事情。

翌日听侍者再次说起这件事，他们仍然说了同样的话。

"鬼正打算吃掉在吹笛的博雅大人。"侍者说道。

"可是，晴明啊。我发誓，我真没看到这样的鬼……"

"有鬼还是无鬼，先暂且搁置。"

"啊?!"

"这两位侍者看到的鬼，是怎样的形象呢？"

"据说有两人高，黑色长发……这样说来，有人说它头上有一只角，也有人说有两只角。"

"二人中一人说有一只角，另一人说有两只角？"

"嗯，好像是这样。"

"身体呢？"

"有人说是青黑色的，也有人说像猴子一般长着毛……"

"这也是二人话中的不同之处。"

"嗯。"

"原来如此。"

"什么原来如此。角有几只，身体如何，我都没有看到啊。"

"不过你感觉到了有什么存在，对吧？"

"嗯。"

"可是，博雅，第五天逃回家这件事……"

"我可没有逃回家。"

"暂且这么说。自那天以来,船冈山……"

"就不再去了。我就算想去,也会被家人阻拦去不成。"

"这是自然。总之,我大概已经知晓了。"

"你在说什么?你知晓什么了,晴明?你在我说话之前,就知道这件事了吗?"

"你说的事,我今晚是第一次听到。我说的知晓了,是别的事。"

"别的事?"

"其实我受人所托要办一件事,一件不得不做的难事。在我思忖该如何是好之际,却发现其中的原因就在博雅那天下第一的笛子上。"

"受人所托?受谁所托呢?"

"是你也认识的人,博雅。"

"是谁啊,告诉我,晴明……"

"不必告诉你。"

"为什么?"

"因为那位已经到了。"晴明将视线转向庭院。

夜露打湿的草丛中,伫立着一个老人。他身着褴褛破旧的黑色水干,蓬乱的发丝和胡须肆意地向四面八方生长。

此人正是芦屋道满。

"道、道满大人……"

"许久未见,道满大人。"

月光之下,道满一笑,露出了一口黄色的牙。

三

"这可真是……"

听晴明说完后,道满说了与他一样的话:"原来如此,是这么一回事。"

"什么原来如此啊，晴明。我还什么都不明白呢。"博雅不满地噘起了嘴。

道满、晴明、博雅三人一同坐在外廊上饮酒。

"博雅啊。"晴明口中含着酒，脸上带着笑意说道。

"怎么了？"

"船冈山对都城而言可是至关重要的山。"

"至关重要？"

"这都城在四方供奉四位神明，以护卫城郭。"

"嗯。"

"西边设道路，此为白虎。东边有鸭川，此为青龙。南部开小仓池，此为朱雀……"

"嗯。"

"然后，北边的玄武便是船冈山。"

"……"

"建造这座都城时，原点就是船冈山。船冈山正是这都城下的咒的根源。"

"唔。"

"船冈山与三轮山一样，祭祀着这个国家最古老的神明。"

"古老的神明？！"

"就是山顶的岩磐。与三轮山一样，是宿神……"

"唔、唔。"

"位于船冈山的山背国本是秦氏一族的国家。这秦氏一族也供奉那岩磐……"

"……"

"而道满大人，则与这秦氏一族渊源极深。"

芦屋道满又名秦道满。

"道满大人也对船冈山的神明十分在意。"

"在意什么呢,晴明?"

"神明从这船冈山的岩磐上消失了。"

"消失了?神明?!"

"嗯。说消失,倒不如说是减少了。"

"减少是指什么?神明会减少吗?"

"这个,你听好,博雅。我也不知该如何告诉你其中的奥妙。减少的说法应该最接近这次发生的事情,所以我才这么说,若是不容易懂,换成消失也可以。"

"嗯、嗯。"

"道满大人察觉到这件事,四天前来到了我这里。"晴明看着道满。

道满仿佛将一切都交给了晴明一般,嘴角露出笑意,从刚才开始只是津津有味地喝酒。

"晴明,你不知道?"

晴明模仿着道满的语调说道。

"我按照道满大人所说的去了船冈山,神明的确像是外出了。"

"然后,我就拜托了晴明。这可是个让我欠下人情的好机会啊。"道满自己给空了的酒杯倒满酒,说道,"我想,像我这么可疑的人,行动起来肯定有各种不便,很难顺利进行,所以就和晴明打招呼了。"

"让芦屋道满欠下人情,我想也不是坏事,所以稍微调查了一番。"

"那么……"

"嗯,已经知道大概了,所以今夜请道满大人过来。"

"知道大概是指……"

"在这之前,博雅啊,我有事想问你。"

"什么事?"

"第五夜,你从船冈山回来时,可经过了位于二条的藤原在基大人的宅邸?"

"经过了,怎么了?"

"这下我就明白大致的前因后果了。"晴明说。

"原来如此,我也明白了。若是藤原在基的事,我也听说过。"道满满足地点点头。

"怎么回事,晴明?"博雅说。

"喂,晴明,你不用管我了。要解释的话,你向这位博雅大人说吧。"

"我明白了。"晴明向道满颔首。

四

"约在半个月前,在基大人的爱女富子小姐离世了,这件事你知道吧?"晴明对博雅说。

"嗯。"博雅点点头。

"那可曾听说已经离世的富子小姐又回来了?"

"没听说过。"

"果然。"晴明说道。

富子夭折的时候只有八岁,去世得很突然。

她在庭院中玩耍时摔倒,头撞到了石头上,便香消玉殒了。

这件事就发生在在基面前,他悲痛欲绝,食难下咽,只能喝一点水。不出几日,便瘦得皮包骨头。

"富子、富子啊,你怎么就死了呢?"

每日每夜,在基都呼唤着富子的名字。

他不分昼夜地走到庭院里,站在富子摔倒的地方,呼唤着女儿。

六天前的夜晚,在基已经虚弱到只能勉强站立的地步了,他走到庭院里,又呼唤起了富子的名字。

据说这时,富子出现了。

一开始,在庭院的阴暗处隐隐立着一个东西,注视着在基。

在基情不自禁地叫了富子的名字。

"富子啊……"

不想,这竟然真的是人,还是个孩子,就是已经死去的富子。

富子伫立在庭院的阴暗处,注视着在基。

在基不假思索地跑上去,想要抱住富子,可是伸出的手臂却穿过了她的身体,富子消失了。

"富子啊,富子啊……"

在基一直呼唤着她的名字。

在基告诉别人这件事,可是家里人却看不见富子,都觉得在基是因为过于思念女儿发疯了。

可是已经离世的富子,在第二天夜里再次出现了。这次,家里的其他人也看到了。

富子依然穿着去世当天那身衣物,伫立在夜晚的庭院里。

"富子。"在基握着富子的手。

这次能握住了。毫无疑问,那的的确确是一双人手。

可是,家里人绕到富子身后,看到她的后背,却哇地大叫一声。

"没、没有!"

富子只有正面,没有后背。她的背后缭绕着一团朦朦胧胧的像水汽般的烟雾。

这次富子没有消失。

过了一天,富子仍然站在那里。

只有一件事是清楚的,就是富子的身子只有从在基的位置才能看到。而且仔细看去,轮廓的细微之处在不断地变化。

另外还有一件事,富子一句话也说不出来。

奇怪的是,在基如果不注视着富子,她的身子就会一点一点地变浅。在基入睡之后,富子的身子也会变浅,能透过她看到对面的景象。有时,几乎看不见富子的身体了。

不过，在基醒来后，一声声叫着富子的名字，注视着富子，她的身子又会恢复原样。

第二日、第三日、第四日，随着时间流逝，富子的身子越来越清晰。甚至连本来没有形状的后背，也渐渐地如常人一样了。

"太好了，富子，你一定会变回原来的样子。"在基说。

"如果变回原来的富子，就能说话，也能进食了。所以在这之前，万万不可对外宣扬此事……"

据说在在基的宅邸中，发生了这样的事情。

五

"关于这件事，我去调查过了。"晴明对博雅说。

"我还不太明白，这与我遇上的事有什么关系？"

"不是很相似吗？"

"什么相似？"

"你的侍者和在基大人都看到了自己想看到的东西。"

"什么？！"

"因为心里感到害怕，所以在那里看到了鬼。二人描述的鬼的样子不一样，就是因为每人心中所想的鬼不一样。"

"……"

"感到害怕与想见到死去的女儿，这两种强烈的念头在本质上是一致的。"

"我好像越来越不明白了，晴明。"博雅说。

这时，道满放下酒杯与晴明搭话："我说，晴明。"

"怎么了？"

"花一整晚告诉博雅大人也无妨，不过我还有件事情很担心。"

"是什么事呢？"

"富子小姐现身,到今晚就是第七晚了。"

"啊,是啊。"晴明说着站起来。

"怎么了,晴明?"

"就如道满大人所说,我们必须抓紧了。"

"抓紧?"

"本来是喝酒的时间,真是对不住,不过现在我们得前往藤原在基大人府上。"

"你说什么?!"

"之后再告诉你。"晴明说。

"真是幸亏博雅大人在这里啊,晴明……"道满也慢慢站立起来。

"博雅,有件事非你不可。叶二带来了吗?"

"带是带来了。"博雅也站起来了。

"博雅,一起来吗?"

"去在基大人府上吗?"

"嗯。"

"来啊,博雅大人。"道满说。

"去吗?"

"走吧。"

"走吧。"

事情就这样定下来了。

六

众人徒步而行。

没有乘坐牛车,是走路前去,这样更快一些。在前面带路的是手持松明的蜜虫。

抵达在基府上时,大门紧锁,却可以看到宅子里正点着灯火。

屋子里似乎有些喧闹。

"我们要翻墙进去吗,晴明?"

虽然道满这样说,但博雅还是敲了门,报上了自己的名字。不久后,门便开了。

"这是……博雅大人,晴明大人。"

在基自然认识博雅与晴明,虽然不认识道满,但也没问他是谁,好像无暇顾及这些。

"发生什么事了?"晴明问。

"还请务必救我,晴明大人。生还的富子又要死了……"

在基用哭肿的眼睛看着晴明。

"我已经都知道了。"

晴明的声音却十分镇静。

"那,富子、富子……"

"我会让富子平安无事的。"

"啊,当真?"在基的眼眸里闪着喜悦的光芒。

"不过,富子小姐恢复健康之时,她的身影便会隐去。即使这样也无妨吗?"

"身影会隐去?"

"对。"

"就、就是会死吗?"

"不。"晴明摇摇头,"不是死去,只是看不见了。"

"继续像现在这样呢?"

"恐怕富子小姐会没命。"

"没、没命……"在基喃喃道,一时陷入沉默,接着继续说道,"如果交给晴明大人,就仅仅是消失对吗?富子不会死,对吗?"

"是。"晴明点点头。

"为什么今夜晴明大人会来这里,我之后再慢慢询问。现在、现在还请救救富子,别让她这样痛苦。求您了。"

"遵命。"晴明说。

七

在庭院的地上,富子幼小的身体正仰面朝天躺着。

在基提出在下面铺上被褥,晴明没有答应,说:"还是这样为好。"

他直接将富子的身体放在了土地上。富子仰面而躺,身子稍稍蜷缩着,双眼紧闭。能看见她正咬紧牙关。

她一直扭动着身子。从举动中就能看出她现在是何等痛苦。

但是富子并没有出声,只是脸颊瘦削憔悴。

据说那身子越清晰,富子便越痛苦。

在基越是感到不安,富子的身体便越发地消瘦,痛苦也就成倍地增长。

"诸位,还请移步到稍远一点的地方。"晴明说。

"我、我要离开吗?"在基说。

"是的。在基大人也尽可能远离这里,只有博雅大人可以靠近。"

只有自己可以靠近?

晴明对着感到惊讶的博雅说:"博雅大人,请吹笛。"

他并没有给博雅犹豫的时间。

博雅像是下定了决心,从怀里取出叶二,开始吹奏。舒缓的旋律流淌在夜色中。

"可真是……"道满情不自禁地发出赞叹之声,"绝妙的笛声啊。"

四下里的窃窃私语消失了,庭院里鸦雀无声。

唯有博雅的笛声回荡其间。

"啊,啊……"在基望着远处,叫喊了出来。

痛苦地无声扭动身子的富子,此刻不再动弹了。

而后,富子微微睁开眼,起身了,仿佛在陶醉地倾听着博雅的笛声。

不久后,富子的身影开始变得越来越稀薄。

那轮廓和身影都渐渐变得朦胧,犹如混沌的大气一般,不知不觉间在博雅的笛声中消失了。

"富子……"

在基的喃喃自语在院中幽幽地回荡。

八

"《庄子》一书中,曾出现混沌一词。"

重新坐在自家宅子的外廊上后,晴明说道。

道满与博雅也在那里。

"混沌……"

"它存在于这世界的源头,不是任何东西,却也是任何东西,是比天地还古老的东西。"

"哦?"

"在《庄子》里,混沌是居于中心的帝王。"晴明开始述说。

古时,南海之帝儵与北海之帝忽同游至混沌之地,受到盛情款待。二人便想还礼。

这混沌没有眼睛、鼻子、嘴巴,是无脸之怪。

于是南海之帝与北海之帝便在混沌脸上凿了眼、鼻、耳、口七个孔,想让它变成人。

二人每天在混沌脸上凿一个孔,为它开凿了眼鼻耳口七窍,一共花费了七天。在第七天,最后一个孔凿成后,混沌成了人,却死去了。

"啊,原来是这样。"

博雅听完晴明的话,点了点头。

"这世上还留存着世界形成之初,还未化成这世界的混沌之地。"晴明说,"船冈山也是其中之一。"

"嗯。"

"那船冈山上的岩磐,供奉的就是混沌,也就是这世上最古老的神明。而这神明被你的笛声唤醒了。幸亏你的笛声里不含任何邪念。在听着你的笛声时,混沌也平安无事,但是你的侍者却看见了它。而且是心生怯意才看见的,心想若是遇到了鬼该怎么办呢。"

"所以,这二人把混沌看成了鬼,是吗?"

"被当成鬼的混沌追赶着你们,是因为逃跑之人觉得它必定会追上来。"晴明说,"然后,经过在基大人宅邸前,正在追赶你们的混沌感受到了那里强烈的念想,那便是在基大人对富子小姐的苦苦思念。"

"……"

"我刚才说了,混沌不是任何东西,却也是任何东西。"

"是啊。"

"成为所见之人的所想之物,这与我说过的'觉'是一样的。"

"觉也是古老的神明中的一位,是吗?"

"正是。"

听了晴明的话,博雅取出了叶二,开始吹奏。

在夜色中,叶二的笛音汩汩流淌。

博雅就这样一直吹奏着,直到将近天明时分。

食蚓法师

一

橘师忠得了怪病。

他口渴难耐,无论喝多少水,也解不了渴。

用木碗喝水已经不够,他甚至去喝能一人环抱的水桶中的水,把头塞进桶里咕咚咕咚狂饮。

他一直这样喝着,也顾不上什么仪态了。

若不是看到这种情形的家里人抓住师忠的衣领,拉他起来,他便一直将头塞在桶里,差点溺水身亡。

即使这样,依然不解渴。

因为喝了太多水,师忠开始腹泻,但还是喝个不停。不久后,整个人就消瘦下去。

明明瘦骨嶙峋,却只有肚子胀满了水,看起来像个饿死鬼。

若是家中人不给他水,他会一直讨要,说着:"水呢,快拿水来。"

半夜起来,他会将头伸入庭院的水池里喝水。

下雨天,则来到门外对着天空张嘴喝雨水,还一边说着:"我的爱,我的爱。"仿佛要飞上天一般,向天上高举着手,看起来像是疯了。

家里人实在觉得怪异，就叫来几个技艺高超的药师，但不论哪个药师都推辞道："小人无能。"

正值梅雨季节，雨水丰富。一下雨，师忠便跑到门外去，把下人们弄得筋疲力尽。

正在发愁之际，有位奇怪的法师敲门前来。

"看起来你们正为什么事发愁啊。"法师说，似乎是不知从何处听说了师忠的情况，"我来治治吧。"

法师身份不明，背上背着一把小琵琶，头顶光溜溜的，所穿的衣物也破烂不堪。

看不出真实的年龄，应该超过六十岁了，看起来又好像有八九十岁，甚至有上百岁。

他眼睛细长。问起名字，他自称是"蛛法师"。

这法师看起来的确可疑，但家人也确实为师忠之事一筹莫展了，总之先让他诊断试试，便请蛛法师进入了宅邸。

蛛法师见到了师忠。家里人正欲向他说明详情，可他似乎已经了如指掌，挥挥手委婉地拒绝了。

"可否请您躺下？"蛛法师对师忠说。

师忠仰面躺下后，蛛法师掀开了他的前襟，露出了身体。

只见师忠身上十分瘦削，只有肚子高高鼓着，向上隆起。

"可真厉害啊。"

"水、水。给我水……"师忠说。

"可以可以。"

蛛法师一边点头，一边将背上的琵琶放下来，抱在膝盖上，说道："现在我就让您舒坦些。"

铮……铮……

蛛法师弹起了琵琶。那是比普通琵琶小一些的七弦琵琶。

起初，什么事情也没发生。

可是，在蛛法师弹奏琵琶时，发生了奇妙的事。

琵琶铮铮而鸣，师忠膨胀的肚子也跟着扑噜扑噜地震颤。

铮铮。

扑噜扑噜。

这样反复之际，家里人"啊"地喊了一声。师忠膨胀的肚子上好像出现了什么东西。

那是一颗红点。它正好位于肚脐上，而且在慢慢地膨胀。

"你出来了啊。"蛛法师说话之时，那家伙咻地钻出了头。

"哇！""啊！"

围观的家里人纷纷喊出声来。

"唔……唔……"

黏糊糊的汗从师忠额头上冒出来，他现在正盯着从自己肚子里钻出来的东西。

那东西正从师忠的肚子里往外爬，是一条手指般粗细的蚯蚓状的红色东西。它的身体表面长着不像环节也不像鳞片的部分。

正在观察之际，那东西已经整个儿爬出来了，在师忠的肚子上蠕动。

"这下就解决了。"

蛛法师放下琵琶，从怀里取出水罐，拔下了栓子，放在琵琶边上。

然后，他再从怀里拿出筷子，右手执筷，咻地夹住了在师忠腹部爬的东西。

"哟，可别想跑，别想跑。"

那东西扭动着身体，想从筷子间逃走，却被蛛法师放进了备好的水罐里。

"大功告成。"蛛法师笑了，细长的眼睛显得更细。

一看，师忠的腹部缩了下去，恢复了原状。

"你要什么谢礼？"

师忠打算给蛛法师谢礼,不过蛛法师却说:"不必了。"

他将筷子与水罐原样放回怀里,又背上了琵琶,一副大功告成的模样,站起来走了出去。

师忠与家里人急忙追在后头,问:"刚才从肚子里出来的东西是什么呢?"

蛛法师只是笑,没有作答。

到了门口,家里人又问:"您带走那东西,要如何处置呢?"

法师依旧只是笑着,说道:"是煮着吃好呢,还是烤着吃好?"

随后,蛛法师便离去了。

二

晴明与博雅正边饮酒边观赏雨景。

雨丝柔软而纤细。没有风,雨不会吹进屋檐下,即使坐在外廊上喝酒,也不会淋湿身子。

庭院如夏日的原野一般,院中的杂草和树木沾满了水,泛着光,看起来似乎会长得更加繁茂。

梅雨季尚未结束。这个时节应该还有银线草,不过花儿已凋落,只有叶子繁茂得很,放眼望去,已经找不到它的身影了。

露草开着点点青色小花,能知道它在哪儿,可是银线草的话,若不进入庭院中寻找,便无迹可寻。

"我说,晴明啊。"

博雅把酒杯停在了胸口的位置,说道。

"怎么了,博雅?"

身着白色狩衣的晴明,将漫不经心看着庭院的视线转回博雅身上。

"雨天也不错啊。"

感受到晴明的视线,这次是博雅将目光转向了庭院。

整个庭院都笼罩在雨幕中,不过这声音并不嘈杂。多听一会儿,就感觉这雨声犹如弥漫在风景深处的薄雾般的色调,不仅不聒噪,反而为眼前的景物添了一抹寂静。

这是安倍晴明宅邸的庭院。

"这样看着雨,总觉得上天正在为地上的生命庆贺。"源博雅陶醉地闭上眼睛,"仿佛我的体内也在下雨。"

博雅闭起双眼,犹如在倾听体内倾泻而下的雨声。

"可要是屋子里下了雨,还是让人头疼吧。"晴明说。

"屋子里?"

"嗯。"

"怎么回事?"博雅睁开眼睛,看着晴明。

"是藤原将行大人的事。"

"大人怎么了?"

"将行大人的宅邸发生了怪事。"

"如果是这件事的话,我听说了。"

"你知道了?"

"听说是来了个怪法师,从将行大人的身体里取出了蚯蚓。"

"是这事吗?"

"'是这事'是怎么回事?难道除了法师之外,还有别的事吗?"

"有。"

"什么事?"

"在这之前,你先让我听听法师的事。"

"不过晴明,从你的口吻听起来,你不是也知道这件事了吗?"

"不,我只是听说,想听你再说一次,博雅。"

"和你的事有关联吗?"

"或许有,或许没有。整理思绪的时候,就想听一听别人是怎么说的,因为有时你会察觉到我没发现的地方。"

"是吗？"

"拜托了。"

"我明白了。"博雅点点头。

"据我所知，那是从将行大人在伊势拾到一面镜子开始的。"博雅开始娓娓道来。

三

藤原将行前往伊势参拜，是在梅雨季节开始之前。

参拜完毕，归途中，他在伊势的五十铃川河畔小憩。

那水无比清澈，他想洗洗手，刚弯下腰，便看见水中有个东西在闪闪发光。

他想一探究竟，于是伸手将那东西从水中捞起来一看，是一面镜子。

虽然一直都在水中，但镜子丝毫没有损伤。背面雕刻着形似龙的图案，还是双头龙。但并不是脑袋一旁分出另一个脑袋，它没有龙尾，而是在身体两端各有一颗头。

"这可真是绝妙啊。"将行将此物带回了京城。

藤原将行在伊势五十铃川获得了一面上等宝镜的消息，不久便四处传开了。

"请一定允许我见见。"甚至有人提出上门拜访的请求。

"那我们就在镜子前，一边饮酒，一边吟诗作歌如何？"

事情就这样决定下来。

梅雨期过了一半，将行的宅邸里聚集了来自四面八方的人。

"啊，确实是绝妙之物。"

"这龙可真是巧夺天工。"

来人都为这面镜子的绝妙而折服。

"这应该是一面有名的镜子吧?"

"可是,它为何会在五十铃川里呢?"

"这莫不是伊势大神的镜子?"

酒至酣处,大家畅所欲言,猜测镜子的来历。

将镜子安放在镜台上,开始咏歌的时候,一直在下的小雨却顷刻间成了滂沱大雨,空中黑云翻卷,雷声滚滚。

"这是怎么回事?"

抬头仰望天空,一道闪电忽然噼里啪啦地发出巨响,从黑云间劈了下来。

不想,闪电恰好落在了屋檐下的那面镜子上,顿时发出惊天巨响,闪电又接踵而至。

众人尖叫着趴在地上,堵住耳朵,抬头一看,那镜子却从镜台上消失了。

是众人伏在地上时,有人偷走了镜子,还是被闪电劈了个粉碎?

"可是在那种情况下,会有谁偷走镜子呢?"

"这一定是伊势大神化作闪电,自天而落,带回了镜子。"也有人这样说。

不过事情真相如何,依旧无人知晓。只知道在落雷之后,那镜子便消失在了将行的宅邸里。

谁知后来还发生了更奇怪的事。

那时聚集在将行宅邸的人中,有几个人患了怪病,是口渴之病。无论喝多少水也不够,甚至想要喝池水和雨水。

一开始大家为了名声,都隐瞒了自己的病情。

"我也是。"

"其实我也是。"

直到痊愈后,一个个才开始坦白,这才知道哪些人得了病。得病的都是那一日聚在将行宅邸的人,此外的人并没有患病。

橘师忠、源清澄、伴兼文、藤原是善、菅原实文、纪忠臣，这六人均患了口渴症，而且治愈六人的都是同一个法师。

　　所谓治疗，便是弹奏琵琶。

　　蛛法师弹响琵琶后，便有蚯蚓一般的虫从患者腹中爬出。蛛法师用筷子夹住那蚯蚓般的虫子，放进水罐里。口渴症就神奇地被治好了，那些人的病也得以痊愈。

　　每人身上有一条虫。蛛法师共得到了六条虫。

　　博雅说的便是这件事。

四

　　"原来如此。"晴明点头，"和我听到的是一样的。"

　　"难道不一样更好吗？"

　　"并不是。若是一样，就大抵知道是怎么回事了。因为这事四处传开，导致有许多地方变了味。"

　　"这样啊。那么也听说颜色了吗？"

　　"颜色？"

　　"就是虫子的颜色。"

　　"据说师忠大人肚子里的虫子是赤色的……"

　　"那你还不知道清澄大人肚子里出来的虫的颜色吧？"

　　"不知道，是什么颜色？"

　　"是青色。"

　　"青色？"

　　"我的确听说是青色。"

　　"其他呢？"

　　"其他？"

　　"兼文大人、是善大人、实文大人、忠臣大人肚子里出来的虫子的颜色。"

"其他大人如何，我记得也不是很清楚，应该有绿色的、黄色的。对了，实文大人的虫是橙色的……"

博雅说到这里，晴明提高了声音："这可不得了，博雅。"

"什么不得了？"

"问你果然是对的，这下就明白了许多。"

"明白了什么？"

"也就是蛛法师收集之物是什么。"

"我可还不明白呢。不就是虫吗？"

"我知道。这次的事，说到底都是因为藤原将行大人在伊势的五十铃川拾到的镜子而起。"

"镜子怎么了？"

"那镜子背后，雕刻着双头龙。"

"这我也知道。"

"再结合你刚才所说的虫子颜色，便自然而然看清了一些事。"

"看清了什么？"

"你想一想。"

"我就是想不明白才问你呀。"博雅不满地噘起嘴，"晴明啊，你总是卖关子不和我说，这可是个坏毛病。"

"马上就明白了。"

"马上？"

"再过一会儿，我们就得前往将行大人的宅邸。"

"为什么？"

"为了处理将行大人府上发生的怪事。"

"怪事？"

"刚才我不是说了吗，为屋子里下雨发愁。"

"那又是怎么回事？"

"将行大人的府上，屋子里会下雨呢。"

"不是屋漏了？"

"不是。因为不止是雨天，连晴天也会下雨。"

"哦？"

"去吗，博雅？"

"去将行大人的宅邸？"

"嗯，去了自然便知道虫子的事了。"

"嗯。"

"走吧？"

"走吧。"

事情就这样定下来了。

五

"原来如此，是这个吗？"

在藤原将行的宅邸里，晴明说道。

"唔。"

博雅也看着这光景，轻轻出声。

眼前正在下雨。不是屋子漏了，也不是雨水飘了进来。

屋子里的确在下着雨。在藻井附近聚集着团团淡紫色的云，雨从那里落下来。

雨量并不大，只是比蒙蒙细雨大一点，即使如此，雨还是雨。

因为这雨，房间一角的地板湿淋淋的。

"这是从何时开始的？"晴明问将行。

"从半个多月前开始的。"

"这样说来，是从在伊势得到的镜子被落雷击中那天开始的？"

"确实是这样。"

晴明看着笼罩在天花板附近的云,问:"那云会动吗?"

"不会动。"

"不会动?"

"是啊。用扇子扇,想把云赶到外面去,可是它纹丝不动……"

"我不是问这事。我是问,这云总在这里下雨吗?"

"不,以前是在那边。"将行指着靠近庭院的一个角落。

"现在到了这里?"

"是。放在那里的东西被淋湿了,所以就将东西移到了其他地方,开始还好,可云立即也跟着一点一点移动起来,搬走的东西上方又聚集了云,下起了雨……"

同样的事重复了好几遍,云依然会跟着那些东西移动。人们便想,是否是因为那搬移之物的缘故,便试着将这些物品搬到外面,结果——

"云并未移动多少,但不久后雨便停止了。"

过了一会儿,再将那些东西移回屋檐下。

"云又跟过来,继续下起了雨。"

事情就是这样的。

晴明一看,下雨的那个角落摆放着书桌和几个木箱。

"搬移的东西就是那些吗?"

"是的。"

"您说曾搬到外面,那时,外面如何呢?"

"如何是指……"

"外面是否在下雨?"

"是在下雨。明明是为了避雨,却在下雨的时候将那些东西搬出去,真是太奇怪了,但还是……"

"可否让我看一看那书桌与箱子?"

"自然。"

"那么……"晴明进入如雾一般的雨中,伫立在书桌前。书桌上摆放着三个涂漆的箱子,正淋着雨。

"这是……"

"都是镜子。"

"镜子?"

"那时与在伊势得到的镜子一同摆放的镜子,在我家中的镜子里也算是上等,所以与那镜子一起摆放来着。"

"哦?"

晴明说着打开箱子盖,取出了那涂漆的箱子里的物品。那些镜子用绫绢包裹着。

晴明取出三面镜子,看着这些镜子,说道:"是这一面。"

他举起其中一面镜子。"看来是这镜子下的雨。"

"这面镜子?"

"是的。"

"可这镜子一直都在房间里,之前并没出现过这样的怪事……"

晴明似乎有意打断将行的话,说道:"可否准备一双筷子和一只水罐?"

这两件东西很快就备好了。晴明将镜子放在地上,在边上摆上水罐,右手执筷,口中小声念咒,用左手指尖触摸镜子表面。

这时,镜子表面有什么东西一下子膨胀了起来。

那东西渐渐变大变粗,爬出了镜子。

"啊。"

"唔。"

将行与博雅叫出了声。

那是如蚯蚓一般蠕动着的紫色虫子。等它整个身体露出来后,晴明便用筷子夹住了它,放进了水罐中,盖上盖子。

这样一来,房间里一直下着的雨停歇了。同时,一直聚集在天

97

花板附近的云也渐渐散去，最后完全消失了。

"解决了。"晴明说，"之后，这个房间里再也不会下雨了。"

"虽然不知道雨为何停下来了，还请接受我的谢意……"

将行走上前来，握着晴明的手。

"可是，为何雨会停歇呢？"

"是因为这虫。"晴明举起放在地上的水罐，说道。

"虫？"

"其他的虫子寄居在师忠大人、是善大人、忠臣大人身体里，这条虫则寄居在这面镜子里。"

"到底发生了什么？我从伊势得到的镜子究竟是什么？"

"关于这个，过几天等我完全解决这件事后，再与您说。"

"还没有结束吗？"

"这房间的雨，以及将行大人和其他各位大人身上寄居的虫子已经解决了。"

"……"

"剩下的只有这个了。"晴明举起手中的水罐给大家看，"依情况而定，今日或明日，所有虫子都会去该去的地方。"

"今日或明日即可？"

"蛛法师会来这里，询问将行大人关于虫子和镜子的事，还请告诉蛛法师，寄居于镜子里的虫子已经被我晴明找到带走了。"

"这样就可以了吗？"

"是。"晴明点点头，看着博雅，说："衣服有些淋湿了，现在还是先回宅子里换衣服为好。"

"不出几日，也将出梅了吧。"

晴明抬头望着天空。雨渐渐停了，四周开始亮堂起来，整片天空泛着银色的光。

六

抵达晴明的宅邸,从牛车下来的时候,雨完全停了。

云层裂出一道道缝隙,从中透出几束阳光。

博雅望着天空,发出了长长的一声:"啊……"

"是彩虹。"

天空中挂着秀美的彩虹。

博雅望了一会儿彩虹,侧头思考。"真奇怪啊,晴明……"

"什么东西奇怪?"

"那彩虹。"

"怎么奇怪了?"

"哪里奇怪,我倒是说不上来……"博雅一边喃喃,一边注视着彩虹,提高了声音说,"我知道了。"

"没有紫色。"

正如博雅所说,原本彩虹外侧的圆弧是赤色,内侧是紫色,可这道虹没有最内侧的紫色。

七

晴明与博雅坐在外廊饮酒。

坐在一旁的是身着唐衣的式神蜜虫。二人的酒杯若是空了,蜜虫便取过酒瓶斟酒。

晴明的膝盖前,摆着那装有紫色虫子的水罐。

"我还是一头雾水。"博雅说着将酒杯送到唇边。

"所以说,就是虹。"晴明说。

"虹怎么了?"

"虹就是长虫——就是蛇。"

"蛇？"

"也就是虫。"

"我不明白。"

"你试着写一写虹这个字便明白了。"

晴明用右手小指蘸了酒，用湿润的手指在外廊的木板上依次写下几个与虹有关联的字。

虹。

霓①。

蚖。

蟛蛛。

"怎么样。无论哪个字，都有虫字吧。"

"这又怎么了？"

"蛇稍作变化，便是龙。"

"龙？"

"雨后，龙进入山间的河流饮水，那姿态便成了虹。"

"什么？"

"虹在古时本叫虹霓。在《穷怪录》一书中写着，北魏正光二年，虹霓自天而落，饮泉溪之水。许多书都记载了虹饮山间溪水之事。"

"……"

"可知道虹的古字？"

"不知道。"

"我来告诉你吧。"

晴明又用手指蘸了酒，在外廊上写了这样的文字。

---

① 日语中写作"蜺"。

"意为双头龙自天而降,在两条河川里饮水。"

"唔。"

"将行大人在伊势五十铃川得到的那面镜子上的双头龙,就是虹。"

"可是,镜子与虹……"

"两者皆是映日之物。镜子直接映出太阳本身,而虹则映出太阳之气。"

"……"

"太阳之气即赤、橙、黄、绿、青、蓝、紫——以虹之色,使其成像。"

"唔。"

"有书认为,虹是从蛤中腾升而出的天地之气。蛤也就是两面镜。自古以来便认为在虹升起的地方,藏有宝物或镜子,其源头正是来自这里。"

博雅听了晴明的话,不住地点头。

"《日本书纪》里记载了五十铃川一事。"

"什么?!"

"雄略天皇三年四月那一篇。"

"……"

"记载了斋宫栲幡皇女因莫须有的谗言而自绝性命的事。"

"莫须有的谗言?"

"进谗言的人是阿闭臣国见。他对主上说,栲幡皇女与汤人[①]庐城部连武彦苟合,身怀六甲。"

武彦之父枳莒喻听到流言,恐怕惹祸上身,便将武彦引诱到庐城河杀害。

天皇向皇女询问此事的真相,皇女自然回答,并没有这样的事,然而天皇仍心存怀疑。

―――――――――――

①汤人为照顾皇子、皇女之人。

于是有一天晚上，皇女从宫中盗出神镜，埋在五十铃川边，然后自缢身亡。

天皇察觉皇女失踪，便在夜色里四处寻觅，看见五十铃川上悬着一道彩虹。

在虹升起的地方差人挖掘，找到了神镜，又在神镜附近发现了皇女的尸身。

自然，皇女并没有怀孕。

"啊，真是铸下大错。"

天皇泪流不止，将神镜埋回原地，厚葬了武彦和皇女。

"就是发生了这样的事。"晴明说。

"那么，晴明，将行大人在伊势五十铃川得到的，是那栲幡皇女的……"

"应当是如此。"晴明将手中的酒杯放在外廊上，"不过接下来，与其让我说，不如听蛛法师说更明白。"

两人看向庭院。蛛法师不知何时已经来了。

"您来了啊？"晴明说道。

"不久前去了将行大人的宅邸，听闻晴明大人之名，所以急忙来了这里。"这位老法师——蛛法师说。

"刚才我与博雅大人所说……"

"中途听到了。"

"可有谬误？"

"大体如您所说。"

蛛法师踏过草地，向二人所在的外廊走来，伫立在了外廊前。

"晴明大人，可否请您将在将行大人府上获得的东西交给我？"

"这当然无妨，不过我也有许多事想问法师。"

"哦？"

"从哪里开始都可以，可否将前因后果与晴明我说说呢？"

"也好。"蛛法师点点头。

八

"在入梅之前……"蛛法师娓娓道来,"曾出现狂风暴雨。"

那次暴雨导致河水水量增加,掩埋镜子的河堤决堤了。

"于是镜子被冲走,不知去向。而捡到此镜之人正是……"

"藤原将行大人……"晴明说。

"嗯。"蛛法师点头。

"那面神镜是无价珍宝,是从前从魏国传来的。自铸成时,便拥有聚集天地之气的能力。此镜被栲幡皇女埋入地下后,获得了伊势大神之力,其力量愈发强大,在这五百余年间,不知从何时起成了那一带的映虹之物……"

"是的。"

"如今,在那里已经看不见悬于空中的虹霓了。"

"于是……"

"我便开始寻找这面镜子,从伊势到高野、吉野,然后来到都城,终于找到了镜子。那镜子正摆在将行大人宅邸,众人在咏歌作诗,兴致盎然。我必须得到此镜,于是伸出了手,不想……"

"便是那落雷吧。"

"是。"

蛛法师取回了镜子。可是,取镜时用力过度——

"镜中的天地之气飞出了镜外。"

"这气碰巧进入了咏歌的各位大人体内。"

"这气即使飞出镜外,也必须寄居于某物,而且不能随意寄附,必须是有缘者。此因缘便是围观此镜,咏歌作诗的那些人。"

"由于这些人对镜子的意念十分强烈,所以产生了缘分。"

"正是。"

"天地之气化作七色虫子，进入各位大人体内，并寄宿其中。"

"嗯。"

"诸位大人如此渴求水，也是因为虹霓之气寄宿体内。"

"正是如此。"

"那把琵琶呢？"

晴明看着蛛法师身上背着的琵琶。

"有七弦。弹奏琵琶，每根弦会依次与一条虫、一种颜色共鸣，体内的镜气便会凝结，形成虫的形态……"

蛛法师说道。

"我总算是找齐了六条，可最后一条却找不到了。后来我发现了，就来到将行大人府上，那时晴明大人已经带走了最后一条虫。"

"是。"

博雅插话道："不过，晴明，为何那镜子里会有最后一条虫呢？"

"那镜子是上乘的器物，而且镌刻着精妙绝伦的龙，即是与龙有缘。若是雕刻着虎，就不会有这样的事了。"

"原来如此。"博雅点点头。

"晴明大人……"蛛法师抬头望天，说道，"趁虹霓尚未消失的时候，我想了结这一切，可否将最后一条虫赐给我呢？"

"自然。"晴明拿起膝盖前的水罐，递给蛛法师。

蛛法师取过罐子，说道："着实抱歉。感激不尽，晴明大人。"

"不必道谢。"

"晴明大人，今后无论何时，如果想来一场雨，向伊势方向祈求、下令，我便为您下一场及时雨。"

"这可真是荣幸之至。"晴明说。

"我有事在身，那就告辞了……"蛛法师行了一礼。

忽然，雷声大作，闪电自庭院向天空飞驰。蛛法师消失了。

"晴、晴明。"博雅喊道。

"蛛法师去了结这一切了。"

"那法师是什么人？"

"是五十铃川之主，应是龙的亲眷，恐怕是奉伊势大神之命来了结此事。"

晴明从外廊上站起，从屋檐下抬头望着天空。

"博雅，虹霓回来了。"

博雅抬头一看，一半的天空已经放晴。

"啊……"

白云簇簇，自西向东飘移而来。

梅雨季节结束，夏日的气象已弥漫在空中。薄暮下的碧空中，虹霓高高悬挂着。

那紫色也回来了。

"蛛法师该是慌张极了。"晴明望着天空，自言自语。

虹霓的紫色本应在最里侧，如今却在外侧的赤色之上。

食客下人

一

雨正在下。

轻柔的绵绵细雨没有一点声音，甚至让人错以为是雾，而不是雨。

不穿蓑衣在外行走也不会淋湿身体。如果闭着眼睛走，都不确定是否身处雨中。长时间待在外面，仅仅会感到衣物增加了些许重量。

虽然如此，雨中的草木树叶也被打湿了，微微泛着亮光。紫阳花湿漉漉的，颜色更显得鲜艳夺目。

正是梅雨将尽时节。天空泛着厚重的银光，云层似乎要裂开一个口子，夏日的阳光将从那里倾泻而下。

晴明与博雅正坐在外廊饮酒。

晴明支起一条腿，背倚一根廊柱，漫不经心地将目光投向庭院。

他左手纤细的手指拿着酒杯，里面尚有半杯酒。他悠然地将那酒杯送到唇边，依旧望着庭院，饮尽了杯中酒。

饮了酒的唇上，若有若无的笑意犹如一点灯火。

那笑并非有意露出的，对晴明而言，是最为自然的笑。

"你在看什么，晴明？"博雅问道，并随着晴明的视线看向庭院。

晴明宅邸的庭院与平时并没有什么不同,犹如将荒山的一角搬到了院里,不过按照晴明的趣味,稍稍进行了整理。

有夏日里开放的鸣子百合等白花,秋日里盛开的桔梗和龙胆等紫花……这些花随着季节,这里一簇、那里一丛地开放,说是因循自然,倒不如说是因为晴明的打理。

自然,离桔梗与龙胆的花期还有一些时日。

"什么都没有看……"晴明说。

"可是,晴明,你刚才确实在看着庭院啊。又没有闭眼,肯定在看什么,不是吗?"

"这样说来,的确在看,不过与凝神地看是有所不同的。"

"什么?"博雅端起酒杯的手停了下来,"晴明,你所说的,我真是不明白。你是看到了什么呢,还是没看到什么?"

被这么一问,晴明苦笑起来。

"打个比方,博雅啊,庭院里的石头在看着庭院吗?"

"什么……"

"石头在看着东西吗?"

"你、你这是在说什么,晴明?"

"就是说,你刚才叫我的时候,我就像那块石头一样。"

"……"

"使心空着。"

"空?"

"就是放任自然。"

"……"

"假如那石头有眼,与那时是睁着眼还是闭着眼都不相关。所以我回答了你,什么都没有看。"

"我不明白。你越对我解释,我越是不明白。这样的情况经常出现,就像现在一般。"

"对不住。"

"别,就算你道歉,不明白还是不明白。"

"不不,博雅啊,正因为是你在我身边,我才能自然如我。若是别人,就不会这样了。"

"唔、唔。"博雅低声应着,然后说,"你不是要夸我,然后来糊弄我吧。"

"不,我可没有糊弄你。"

"这样的话,就是说和平常相反,对吗?"

"相反?"

"若是平常,是我陶醉地看着庭院、花草,心荡神怡的时候,你和我说话——在被你搭话的瞬间,那种心荡神怡常常就不知去向了。是这么一回事吗?"

"嗯,差不多是这样吧。"

"什么啊,也不给个明确的答复。"

"我的意思是,按你说的理解就可以,博雅。"

"总觉得你的回答是在敷衍我,晴明。"博雅稍稍噘起了嘴。

"不过,博雅,昨天的事怎么样了?"

"昨天?"

"已经转达那位了吗?"

"哦,是橘磐岛大人的事。"

"原来是橘磐岛大人啊。"

"嗯,昨日差人去了藤原亲赖大人府上,将你说的事一并转达了,对方说随时都可光临。"

"嗯。"

"今日也是为了告知你这件事而来,因为酒上来了,就说晚了。"博雅说。

二

　　昨日，晴明与博雅来到饲养鱼鹰的贺茂忠辅处。

　　因为驯养鱼鹰十分高明，他被人称作千手忠辅。

　　之前因为黑川主一事，晴明曾对忠辅施以援手，自那以来，每到夏日，忠辅便将香鱼送到晴明宅邸中。

　　有时晴明会与博雅一同来到鸭川河畔忠辅的住处，将刚捕获的香鱼当场烤着吃。昨日正是这样的日子。

　　在归途中，二人乘坐牛车，沿着东洞院大路北上，路过六角堂附近，在进入三条大路的时候——

　　"唔。"晴明小声叫了一声，掀起帘子往外看去，低声说道，"这是……"

　　之前，二人正谈着不久前享用的香鱼。

　　"怎么了，晴明？"

　　博雅将脸凑过去，从晴明掀开的帘子缝隙往外看。

　　一个骑马的男子从北边向东洞院大路而行，正要经过三条大路。一位侍者牵着马绳，身后跟着三个看似家臣的男人。

　　骑马的男子看起来身体抱恙，头向前倾，随着马的动作左摇右晃，看起来连支撑头部也十分艰辛。

　　不仅是头，他的身体也摇摇晃晃的，眼看要从马背上摔下来。

　　"停车。"晴明让牛车停了下来。

　　"怎么了，晴明？"博雅问。

　　晴明轻轻地"嘘"了一声，制止了博雅，重新注视着马背上的男子与那一行人。

　　不久后，一行人进入了面向东洞院大路的一处宅邸。

　　"那是何人的宅邸？"晴明从帘子的缝隙中观察。

　　"是藤原亲赖大人的宅邸。"

"与你交情可好？"

"虽然称不上交情好，不过大人弹奏琵琶，曾多次与我的笛声合奏，时常会互相赠送礼品表示问候。"

"是吗？"

"亲赖大人有什么问题吗？"

不知博雅之问是否进入了耳中，晴明将卷起的帘子放了下来。

"请出发吧。"晴明对牛童说。牛车又辘辘辘辘地出发了。

辘辘辘辘，牛车向前驶去。晴明依然沉默着凝视空中。

"喂，晴明，发生什么事了？"

"我看见了。"

"看见了？看见了什么？"

博雅询问，可晴明没有作答。

"若是往常，看见这样的事也会放任不管，但这次可不能听之任之了……"

"晴明，你在说什么，我完全听不懂。快告诉我。"

"好了，等等，博雅。看看情况再说，或许是我想错了。"

"……"

"可是，既然已经看到了，就不能坐视不理。"晴明看着博雅，说，"我有事想拜托你。"

"什么事？"

"你与那宅邸的藤原亲赖大人关系密切，对吧？"

"是有一点交情。"

"那么，希望今日你去亲赖大人府上，帮我传话。"

"传什么？"

"就说今日凑巧经过，看见一位客人进入贵府，此人身体甚弱。如若允许，同行者晴明愿助一臂之力，为其治愈顽疾。"

"嗯，好。"

"然后，若是让晴明我出面，还请先备好佳肴美酒……"

"佳肴美酒？"

"首先是美味佳肴，再来一樽佳酿，然后备牛一头。若是可以，还希望准备一头与亲赖大人府中客人的干支相同的牛。"

"干支相同的牛？"

"是的。"

"这是怎么回事？"

"万事还须经亲赖大人和该男子同意后才能继续。至于其中的原因，我之后再解释，毕竟这或许是我的错觉。"

"你说的我当然明白，不过，晴明啊……"

"怎么了？"

"你可有个卖关子的坏毛病。"

"是吗，真对不住。"

晴明点点头，但依旧不打算向博雅解释。

"总之，拜托你了，博雅……"

这就是昨日发生的事情的经过。

三

"原来如此。"晴明点点头，"那么亲赖大人和那位橘磐岛大人答应此事了？"

"是的。"

"磐岛大人是何方人士？看起来不像是京城出身。"

"是奈良人士。"

"奈良？"

"听说家住奈良大安寺西乡，这次要前往越前国敦贺。"

"哦？"

事情是这样的。

不久前,磐岛一时起了贪念,挪用了大安寺供奉修多罗的四十贯钱。

修多罗原为梵文,念作"苏怛罗",也就是经文的意思。

供奉修多罗是诵读以《华严经》为主的所有经典,以求众生诸愿达成、天下太平、佛法兴隆的法事。供奉修多罗的钱便是用于这法事的钱。

磐岛用这笔钱买了艘船,来到敦贺四处购买货物,打算回来以后将货物卖出,大赚一笔。

可是在归途中,磐岛忽然觉得身体不适,于是中途停下船,选择从陆路骑马而归,可是在走到近江国高岛郡的湖畔时,已经连自己握住马绳的力气都没有了。

离开琵琶湖,通过山城国的山科时,全身直冒豆大的汗水。

抵达京城时,已经是在马背上摇摇欲坠的状态了。

为了休养,磐岛便住进了从前相识的藤原亲赖家中。

"恰好这时,我们路过了藤原大人的宅邸。"

"就是这么一回事,晴明。"

博雅将空了的酒杯放在外廊上。

"晴明啊,这下你可以告诉我昨日看见什么,想到什么了吗?"

"哪有看见什么没看见什么,我和你不是都看着同样的景象吗?"

"话虽如此……"博雅放低声音问,"你告诉我不是也无妨吗?这次究竟是怎么一回事呢?发生了什么?"

"这样下去,磐岛大人的性命危在旦夕啊。"

"这我也知道。"

"所以得先治愈磐岛大人。"

"什么?!"

"听了你的话,我明白了几件事。虽然磐岛大人暂时不会丧命,但从那种痛苦的情形来看，必须尽早救他。"

"救他？"

"所以解释的事，就之后再说了。"

"你说什么？"

"亲赖大人和磐岛大人说了，无论我何时去都可以吧？"

"磐岛大人说，若是能治好病，希望您速速前来。"

"既然如此，就必须即刻前往了。"

"即刻？"

"对。"

"现在吗？"

"现在。"说着，晴明看着博雅问，"去吗，博雅？"

"去亲赖大人的宅邸吗？"

"嗯。"

"去，我去。"

"走吧。"

"走吧。"

事情就这样决定下来了。

四

晴明与博雅抵达藤原亲赖的宅邸时，雨已经停歇，天空也亮堂了起来。

晴明与博雅坐在蒲团上，与亲赖以及磐岛相对而坐。

磐岛似乎稍稍恢复了体力，额头上没有汗珠了。不过脸色极差，虽是坐着，却好像马上就要倒下的样子。

"晴明大人，您大驾光临，令人诚惶诚恐……"亲赖说道。

"晴明大人，我久闻您的大名。这次为了治我的病专程到访，实在感激不尽。"磐岛用微弱的声音说道。

"已从博雅大人那里听说了,现在大抵了解了事情的前因后果。"晴明恭敬地说。

"是吗?在路上从很多药师那里得了药,可是我的病丝毫没有好转的迹象。若是由晴明大人来看,我想这病或许可以痊愈。"

晴明听了磐岛的话,向亲赖看去。

"我所说的物品可曾备好?"

"已经备好,随时都可以安排。"亲赖答道。

"美味佳肴,佳酿一樽……"

"是。"

"牛呢?"

"拴在了宅子后面。"

"那我们为那头牛起个名字吧。"

"起名?"

"是,名为磐岛如何?"

"这是在下的名字呀。"

"这个便可以。"晴明干脆地说,"有谁在那牛附近看着吗?"

"现在还没有,应该安排人看守吗?"

"不,我不是这个意思。无人看守才好。"

"为何?"

"容我之后再说明。"

晴明说着,将视线重新转回磐岛身上。

"不过,在我诊断之前,还有几个问题想问大人。磐岛大人骑的马后面跟着三位下人……"

"他们吗?"

"那三人是何时起跟着大人的?"

"那三人怎么了?"

"他们的名字叫什么？"

"名字？"磐岛歪着头想了一想，却没有马上想起来，"奇怪，明明是常常跟在身边的人，我却想不起名字。"

"他们是从何时起在磐岛大人身边侍奉的呢？"

"这……从很久以前就开始了……"

"是何时？"

"若要说何时……"

"从乘上船后吗？"

"这可……"磐岛怎么都想不起来。

"还有一位牵马的男子，是吗？"

"那人叫友里，自幼就在我家侍奉。"

"请叫他来这里。"

友里被叫来后，晴明又询问他是否知道那三个下人的名字。

可是，友里也叫不出那三人的名字。

"究竟叫什么呢？"

让友里退下后，晴明说："那么，请带那三人来这里……"

三个下人被叫来后，坐在了庭院里。

不过，晴明并没有询问他们的名字。

"一路辛苦了。"晴明对着庭院里的三人说道，"磐岛大人有病在身，这一路十分艰辛吧。我已经从大人那里听说了一路上的劳顿。大人说，正因为有你们几位在，才得以抵达京城。"

三人默默地听着晴明的话。他们均是四十有余、蓄着胡须的强壮男子。

"为了慰劳诸位，已经备好美酒佳肴，马上就会端上来，你们可以尽情地吃，尽情地喝。"

晴明重新转向亲赖，说："那么，可否端上备好之物呢？"

庭院里铺上了毛毡，在上面摆上了酒水和食物。

席上有酒水一樽，还有鸡肉、香鱼、鲍鱼干、椎茸干等，毛毡上摆得满满当当。

"您是说，让我们吃这些东西吗？"其中一个下人说。

"嗯。"晴明点点头。

"您是说，我们在这里吃这些也无妨吗？"另一个下人说。

"是的。"晴明说。

"您是说想吃多少，想喝多少都无妨吗？"最后一个下人说。

"无妨。"晴明又点点头。

一瞬间，三人齐刷刷地将手伸向了食物。

他们用手将食物塞进口中，咔嚓咔嚓地吃起来，还喝了酒。

这几个人边吃边喝，吃东西的速度越来越快。从鸡头开始撕咬着鸡肉，连骨头也嘎吱嘎吱地咬碎，咽了下去。

"已经受不了了。"

三人口水直流，之前还是用舀子舀酒喝，现在却说着"忍不住了"，将头伸进樽里喝起来，真是一幕怪异的场景。博雅、亲赖、磐岛都默不出声，只是盯着三个下人哼哧哼哧、咔哧咔哧地大吃大喝。

不一会儿，十人份的食物便被一扫而空，一樽酒也喝完了。

"还不够吧？"晴明说。

"对，还不够吃。"

"还觉得饥肠辘辘。"

"不啃血淋淋的肉就会发疯。"

三人你一言我一语地说道。

"这样的话，给你们一头活牛吧。"晴明说。

"牛?!"

"还活着的？"

"在哪里？"

三人一边说着，鼻子里还发出哼哼的声响。他们此刻已垂涎三尺，口水都流到了地上。

"就在这屋后。"

晴明说完，三人就"哇"地大喊一声，跑了起来。

"是牛！"

"等等！"

"让我先来！"

不一会儿，三个人消失在了屋后，随后便传来了牛的吼叫声。

牛的吼声响了一会儿，没过多久便听不到了。

不久后，三个人也回来了，他们浑身沾满了湿漉漉的血，脸上和牙上血红一片，发梢上也淌着血。三人的犬齿都长长了将近一倍。

"终于满足了啊。"

"啊，因为要当差，一直忍到了现在。"

"好久没这么尽情地吃一顿了。"

三人纷纷说着。

"这、这些家伙是什么人啊……"亲赖瑟瑟发抖。

"没想到竟然是这样的家伙……"磐岛的脸上也血色全无。

"晴、晴明，这几个不是人吗？"

三个下人听到了这句话。

"什么？！"

"竟然是晴明？！"

"是那个安倍晴明吗？！"

三人表情突变，脸上明显露出了害怕的神色。

"怎么样，晴明我请大家吃的东西可还美味？"晴明说。

"你说什么？"

"你就是那个晴明？"

"我们是吃了晴明准备的东西吗？"

三人你看我，我看你。

117

"连活牛都吃了,今后若没有我晴明的允许,你们就不得对磐岛大人下手。"

晴明说完,三人发出痛苦的呻吟声:"唔、唔。"

"中了你的圈套啊,晴明。"

"这样我们没法交代啊。"

"若想要理由,我可以帮你们想。今夜来我的宅邸即可。"

"唔。"

"唔唔。"

"唔嗯。"

"现在,你们可以速速离去了。"晴明说。

"真不甘心啊,可是没有办法。"

"我们哪里是晴明的对手。"

"既然如此,就快点走吧。"

三人刚才的气势一下子消失无踪,如同夹着尾巴的丧家犬,沮丧地从门口出了宅子。

等三人的身影完全消失后,晴明说:"已经解决了。"

"你说已经解决了?"亲赖问。

"那磐岛大人的病……"

博雅说话时,磐岛说:"身体已、已经完全不疼了,头不疼了,身上也不发烫了……"

他一副难以置信的模样,站了起来,盯着自己的手脚喃喃自语:"站起来不再摇摇晃晃,也不出汗了,出乎意料地舒畅。"

"已经无需担心了。"晴明一副若无其事的表情,行了礼。

五

"我说,晴明啊,那到底是什么?"

博雅回到晴明的宅邸后,坐在外廊上喝着酒问道。

夜里,雨已经停歇,从裂开的云层中能看到漆黑的天空,空中闪烁着星光。

云在浮动。

晴明与博雅在饮酒。

二人一旁坐着的是正在斟酒的蜜夜。

夜色中的庭院里,萤火虫星星点点地飞舞着,一闪一闪。

正值出梅时节,夜晚的大气和飘浮的云朵都孕育着夏日的气息。

"是什么呢。"

晴明悠然地拿起酒杯,闲适自得地喝着酒。

"对亲赖大人和磐岛大人,你不是也什么都没说吗?"博雅说。

正如博雅所说,晴明说着"今夜还有点事情要办",便向亲赖告辞了。

"今夜事情解决了,明日将如实向大人禀告。"他只说了这些。

"关于解释,问那三人即可。"

"不过,那三个人真的会来吗?"

"会来的。若是不来,他们就无法回去了。"

"回哪里?那三个人究竟会回哪里?"

"这些直接问那三个人便可。"

"他们什么时候来?"

"已经来了。"说着,晴明看向庭院。

在黑暗的庭院中,那三个不知何时到来的下人,正突兀地伫立在那里。

不知在何处清洗过,三人身上、手上和脸上的血渍已经不见了。

"来了吗?"晴明说道。

"因为你说让我们来啊。"

"这样我们没法回去啊。"

"你能帮帮我们吗,晴明——"

三人你一言我一语地说。

"先告诉我你们的名字吧。"

晴明说完后,三人依次回答:

"我乃高佐丸。"

"我乃仲智丸。"

"我乃津知丸。"

"这次你们没法立即完成此事,是因为修多罗供钱一事吗?"

"是啊。磐岛那臭小子,从大安寺那里拿了四十贯修多罗供钱。"高佐丸说。

"我们正要解决此事时,持国天来了,告诉我们……"仲智丸说。

"此人借了寺院的钱,经商后归还,故可暂免其责。"

磐岛借了大安寺的修多罗供钱,想通过做买卖赚了钱后再归还。这时若是对他下手,磐岛就无法回去了,不也就无法还钱了吗?所以暂且饶过他。持国天所说的正是此事。

"没办法,我们只能扮成下人,跟着磐岛到了京城。"津知丸说。

"本来,磐岛在归途中应当寿尽而死。我们就是来带他走的。"

"磐岛借了修多罗供钱一事,我们确实没有想到。"

"回去还了钱之后,我们应当立即下手的。"三人说。

"可是,不小心听了你的甜言蜜语,喝了酒。"

"也吃了东西。"

"还有活牛。"

"而且无论哪一样,都是你准备的。"

"我们不小心吃了晴明准备的东西。"

"这下我们就无法对磐岛下手了。"

"晴明,在路上被你撞见,是我们不走运。"

"两手空空回地狱的话,要是禀报自己被晴明算计了,没法完成任务……"

"阎罗王会怎么处置我们啊。"

"会挨一百铁杖吧。"

"晴明,该怎么办才好?"

"你说了你有好点子,对吧?"

"快告诉我们。"

"拜托了。"

"拜托了。"

三人对晴明说道。

"可有与磐岛同名同姓,又同是子年出生的人?"

"你不会是要让我们换个人带走吧?"

"怎么一回事啊,晴明?"

晴明从怀里取出一张折叠好的小纸片,递给津知丸。

"打开看看。"

按照晴明说的,津知丸打开了那张纸,只见那纸上写着"磐岛"二字。

"这是在你们吃下那牛之前,给它起的名字。而且它与磐岛大人一样,都是在子年出生。"

"啊,这下——"

"就当是来到京城后,不小心带错了同名者。"

"嗯、嗯。"

"这是晴明我起的名字,写的字。这下没有怨言了吧。"

"没有没有。"

三人齐声说道。

"那么,你们可以速速归去了。"晴明告诉三人。

"嗯。"

"就这么办。"

"多谢款待，晴明——"

"那些东西可真美味啊。"

"那么，我们走了。"

"再会，走吧。"

三人话音刚落，就消失了身影。

"喂，消失、消失了，晴明——"

"嗯。"

"怎么回事？"博雅叫道。

"就是说，他们已经回去了。"

"去哪儿了？"

"地狱。"

"什么？！"

"他们是地狱的狱卒，负责将阳寿已尽者带回地狱。"

"他们可说了再会啊。"

"总会再次遇见的……"

"总会？"

"因为我们总会死去的。到那时，他们就会来带我们走。这就是生者的命运。"

"我们会死吗？"

"嗯，会死。"

"你也会吗？你也会死吗？晴明——"

"会死。"

"我也会？"

"会的。"

"是什么时候呢？"

"你想知道吗，博雅——"

博雅一时说不出话来，接着说道："不，还是不知道为好。"

"是啊。"

"嗯,是啊。"

"嗯。"

"我说,晴明啊。"

"怎么了,博雅?"

"不论是在何时,我以何种方式死去……"

"怎么了?"

"想到曾这样与你在世上相遇,在这样的夜晚一同喝酒……"

"想到曾这样?"

"我就有了活着的意义,也就是说……"

"也就是说?"

"不论何时死去,都是命运吧。"

"嗯。"

"这样就行了。"

"嗯。"

"这世上有你在,可真不错啊,我现在深深地这么觉得,晴明。"

"傻气……"

"傻气?"

"这样的事,哪里是可以突然说出口的,博雅……"

"为什么?"

"因为我的心也需要准备呀……"

"是嘛。"博雅笑着看向晴明。

"怎么了,博雅?"

"你也有让人想不到的可爱之处啊。"

"别捉弄我,博雅。"

"我没有捉弄你。"

"不过,你能为我吹一曲笛子吗。我想听你的笛声了。"

"嗯。"

博雅点点头,从怀里取出叶二抵在唇间,开始吹起来。

笛声向着蕴蓄着夏日热浪的星空延伸。

云在轻轻游移。

风在微微拂动。

晴明闭着眼睛,倾听博雅的笛声。

魔鬼小沙弥

一

秋虫在唧唧鸣叫。

蟋蟀、蝈蝈、金铃子,这些虫儿在草丛里不停地鸣叫着。

夜里,从天空倾泻而下的月光照着庭院,泛着青色。

庭院里的枫树,枝头前端的叶子已开始染红,不过颜色在月光下并不是很清晰。

草丛里,桔梗与龙胆应该已经冒出了头,但仅靠月光还难以辨别。

这是安倍晴明的宅邸。

夜晚寒气凛冽。晴明坐在外廊上,支着一条腿,背倚一根柱子,喝着酒。

他右手端着盛有半杯酒的杯子,无意间将酒杯停在了胸前,聆听着传入耳中的笛音。

坐在晴明面前的博雅,正将龙笛抵在唇间吹着笛子。那是从鬼那里得到的笛子——叶二。

音色清丽的笛声溶入月光,庭院中的大气泛着明艳的光芒。

笛声本没有颜色,也不会发光。

之所以有这种感觉，是因为博雅的笛声太出色，让人觉得似乎看见了本来看不见的颜色，看不见的光，仿佛那里有了颜色与光辉。

而且博雅的笛声还可以使那颜色、形状、轨迹、明暗发生变化。晴明身穿的白色狩衣似乎也浅浅地染上了那色彩。

博雅将叶二从唇边移开。笛音已经不再流淌了，那余韵却似乎仍然停驻在大气中。

"可真是美妙绝伦的笛声啊。"晴明叹息道，"仿佛我的心也染上了笛音的颜色。不愧是博雅……"

"你是认真的吗，晴明？"博雅不假思索地问。

"当然。"

"晴明啊，被你褒奖是令人欣喜的事，不过你这样夸我，总让我觉得后背发痒……"

"是觉得我在捉弄你吗？"

"想到平时，我会这么想也没办法呀。"

"你这话说的，好像我总是捉弄你似的。"

"你没有捉弄我吗？"

"我现在没有捉弄你。"

"你说实话了吧。"

"说了什么？"

"说现在没有。那也就是说，平时是在捉弄我。"

"不是。"

"当真？"

"这不是又要重复相同的话了，博雅。"晴明说。

"不行吗？"

"你要整晚都继续这个话题吗？"

"如果说我是这么打算的，你会怎么做？"

"那我就要说咒的事了。"

"这可让我头疼了。"

"为什么？"

"因为我会越来越糊涂。"

博雅一边将笛子放进怀里，一边说道。

他拿起外廊上的酒杯，送到唇边一饮而尽。放回酒杯后，蜜虫又重新斟上酒。

看着这些，晴明浅浅一笑，低声说："曲终人散终有时……"

"嗯。"博雅点头。

"花是如此，生命也是如此。"

"是啊。"

"不过，一物的终了也是一物的新生。"

"今年的花凋谢了，来年的花又会开放。眼前的红叶也是如此。"

"嗯。"

"现在看到的红叶飘零了，来年又会萌发新叶，再次染红。"

"正是如此，博雅。不过因时因地而异，也有不知凋零的花，一直开着……"

"这是怎样的花呀，晴明？"

"诵经之花。"

"诵经？"

"嗯。"

"怎么一回事？"

"今天白天，有使者从鸡明寺来这儿了。"晴明说的是位于西京的寺院。

"你是说鸡明寺？"

"是啊。似乎每晚都出现在那里。"

"出现什么？"

"鬼。"

"鬼?!"

"嗯,你先听我说,博雅……"

说着,晴明开始述说白天发生的事情。

二

白昼时分,西京鸡明寺的安德和尚来拜访晴明。

已六十八岁高龄的安德一见到晴明,就说道:"出来了。"

"出来了?"

"是的。"

"请问是什么出来了?"晴明问。

"是鬼。"安德用了一个极为唐式的说法。①

这鬼,也就是幽灵。

在唐国,将死者的灵魂称为鬼。

"这鬼出现在何处呢?"

"出现在观音堂。"

"观音堂,也就是先前建成的那座……"

"是的。"

安德点点头。

正好在一个月前,为了供奉雕刻师雕刻的千手观音,在鸡明寺藏经楼的西侧,建造了一座观音堂。晴明也听说了这件事。

"是怎样的鬼呢?"

"是会诵经的鬼。"

"哦?"

"还容我慢慢道来。"

---

① 与日本的鬼不同,特指死者的灵魂,带有敬畏的一面,却少有恐惧的一面。

说着，安德开始讲述来龙去脉。

三

事情是这样的。

那天晚上，将千手观音供奉于观音堂后，按照规矩做了所有的法事。

在寺院巡视的是一个叫明珍的僧人。

鸡明寺规定在就寝前，由值夜的僧人手持烛火在寺内巡视。那一夜，便轮到明珍当差。

明珍依次巡查了大殿、库房、藏经楼，最后来到了刚建成的观音堂。

观音堂是一座独立的建筑，要先出门才能去那里。明珍手持烛火，靠近观音堂，却不知从何处听到了一个声音。

> 尔时无尽意菩萨
> 即从座起
> 偏袒右肩
> 合掌向佛
> 而作是言

是谁在诵经？

仔细一听，才发现念的是《观音经》。

"那时，无尽意菩萨随即从座位上起身，袒露右肩，合掌向佛，作出此语。"

那人念的正是这个段落——《法华经》第二十五章《妙法莲华经观世音菩萨普门品》，通称为《观音经》。

世尊
　　观世音菩萨
　　以何因缘
　　名观世音

诵经的声音在继续，是个不曾听过的陌生声音。
"这究竟是……"
这个时间，究竟是谁在何处念诵《观音经》呢？
明珍总觉得这是从正要去的观音堂方向传来的，他端着烛火向观音堂走去。
那声音果然是从观音堂中传来的，听起来还非常稚嫩。
"寺里有这样的僧人吗？"
明珍走到观音堂前，推开门。

　　百千万亿众生
　　受诸苦恼

声音渐渐大了起来。
在黑暗之中，到底是什么人在念诵经文？
"你是谁……"明珍开口问道，却没有回答传来，只能听到诵经的声音。

　　闻是观世音菩萨
　　一心称名

"是谁在那里？"

明珍走上前,提起烛火察看屋里的情形。他看到千手观音像前,有一个人影孤单地坐着。

"你是谁?在做什么?"这次明珍大声喊道。

那个人不可能没有听到,只是依旧没有作答。

仔细看他的后背,就像声音给人的感觉一样,是个年少的僧侣,约莫十三四岁的样子。

明珍感到有些害怕。

"喂,你叫什么名字?"

他又问了一句,那个人也没有回答。

　　威神力故
　　若为大水所漂

小沙弥只是继续念着经文。

"难道是妖怪吗?"

明珍这样想着,忽然害怕起来,飞奔出观音堂,逃了回去。

等到早晨,明珍询问其他僧人:

"昨夜有个小沙弥在观音堂诵经,可有人知道?"

"我不知道。"

"不知道。"

僧人们纷纷摇头,无论问谁,都说没有人离开过。

"你不会是做梦了吧?"大家都对明珍说。

可是,众人很快知道事情并没有这么简单,因为次日当差的僧人也经历了同样的事。

与昨夜一样,靠近藏经楼时,他听到有人在诵读《观音经》。寻找声音来源,发现是从观音堂传来的。

进入观音堂内,只见有个小沙弥在诵读经文。

"你是谁?"

这么问他,对方却没有回答。当差的人因此害怕起来,便回去了。

"有谁进了观音堂吗?"

询问一番之后,众人也与昨晚一样,说并没有人进入。

每夜都发生这样的事。为了弄清原委,趁天色正明之际,众人确认观音堂里空无一人,便派了三个僧人站在入口处,不眠不休地守着门。

难道是寺院外的什么人偷偷潜入了观音堂吗?

可是,事实并非如此。

他们不眠不休地守着,确认无人进入观音堂,但一入夜,便从观音堂内传来诵读《观音经》的声音。

进去一看,果然有一个小沙弥,坐在千手观音前诵读着经文。

战战兢兢地伸手从背后触碰那个小沙弥,结果手却从他的身体穿了过去。

那显然不是这世上的人。

自那以来,便没有人在夜里去过观音堂了。不过值夜的僧侣依旧每晚都能听到那诵读经文的声音,有时夜深时分才听到。

众人把各自的经历跟其他人一说,发现了两件事。

一是小沙弥不曾诵完《观音经》。

　　正等无异
　　于百千万亿劫
　　不可穷尽
　　无尽意

小沙弥念完这段《观音经》后,最后本该还有一段经文。

众中八万四千众生
皆发无等等
阿耨多罗三藐三菩提心

经文本应是这样结束的，可小沙弥诵完最后一句，诵经声仍然没有停歇。

尔时无尽意菩萨
即从座起

小沙弥又继续从开头念诵，就这样反复念诵《观音经》，没有结束的时候。

据说，这种情形已经持续了一个月。

四

"安德大人实在觉得苦恼，所以便来到了我这里，博雅……"晴明说。

"晴明啊，话虽如此，这怪事不是发生在寺院吗？应该有相应的御修法降服他才对啊。"博雅说出了自己的疑问。

"据说是按照规矩举行了法事，但还是不行，所以就来了我晴明这里。"

"你是不是有点幸灾乐祸啊，晴明？"

"我？"

"你嘴角含着笑呢。"

"这是自然的状态，我没有笑。"

"是吗？"

"不过，我想到一件事。"

"什么事？"

"安德大人似乎隐瞒了什么。"

"哦？隐瞒了什么呢？"

"还不知道。"

"对了，大约在十年前，鸡明寺起火，那观音堂曾经化为灰烬，不是吗？"

"正是，博雅。"

"若是建造了十年、二十年或者百年的寺宇、屋宅，或许会有妖魔鬼怪栖居，可刚建成的观音堂出现了鬼，不是怪异得很吗？"

"所以我才说，安德大人还有什么没有告诉我。"

"是啊。"

"总之，我们去了就知道了。"

"去吗？"

"今夜就去。"

"今夜就去？"

"我已经与安德大人说了，你也会去。"

"你可真会差使人。"

"安德大人说让我今夜务必前往。我便与安德大人说，今夜源博雅大人会来。若是博雅大人一同前去也无妨，那我们便今夜去。"

"所以——"

"就是说一起去也无妨呢。如何，博雅，去吗？"

"嗯、嗯。"

"走吧。"

"走吧。"

事情就这样决定下来了。

五

的确听得到声音。

在月光下，回荡着念诵《观音经》的声音。

"是那、那个。"安德和尚刻意压低嗓音说。

　　无尽意
　　若有人受持
　　六十二亿
　　恒河沙菩萨名字

那不是大人的声音，听来既像孩子的声音，也有点像女人发出的。

"原来如此……"晴明听着那声音，点点头。

"的确是有……"博雅神情紧张地说。

"该、该怎么办呢？"明珍望着晴明的脸。

安德、明珍以及晴明、博雅四人正站在藏经楼西侧。对面不远处，便是那间刚建成的观音堂。

观音堂在月色中，犹如用青黑色的墨绘成的一般，像是一个影子。

明珍手中举着烛台，烛火映出他不安的神色。

"我们先去看看吧。"晴明说。

"您说要去、要去看看吗？"安德说。

"是的。"晴明的唇边浮现出无法言喻、似笑非笑的意味，"如果不去看看，可就一无所知了。具体情况，我们之后再说吧。"

晴明将视线从观音堂转向明珍。

"十分抱歉，可否借烛火一用？"

"是、是。自然。"

明珍伸出举着烛台的手。晴明伸手接过了烛火。

"您、您一个人吗？"

"嗯。"晴明微微点头行礼，迈出脚步之时——

"等等，晴明。"博雅叫住了晴明，"我也一同去。"

"你也……"

晴明正要这么说，却又改口说道："博雅大人也去？"

没有旁人时，晴明总将博雅称作"你"或者"博雅"，不过若有其他人在身旁，就不能如此称呼了，因为博雅的官位在晴明之上。

"都来到这里了，看看那诵经之人长什么模样，倒也不坏。"

博雅已经站在了晴明身旁。

"明珍大人与诸位僧人遇到了那声音的主人都无事。就算我见到了，也不会有什么事。更何况今夜晴明大人也同行，怎么会有危险呢？"博雅说得十分在理。

"那么晴明大人，走吧？"博雅催促晴明。

"我们走吧。"晴明端着烛火，迈出步伐，身后跟着博雅。

月光下，只留下安德与明珍二人。

晴明与博雅手持烛火，进入了观音堂。

那灯火与两人的身影渐渐地消失在了观音堂内。

六

观音堂里如同洒了墨汁般漆黑一片。如果没有烛火，寸步难行。

一片黑暗中，回荡着诵经声。

十方诸国土

无刹不现身

种种诸恶趣

"在那里，晴明。"晴明身后的博雅说。
"我知道。"晴明点点头，往前走去。

  地狱鬼畜生
  生老病死苦

诵经声绵绵不绝。
在黑暗的另一头，依稀能看到一个像人影般的东西。有人坐在千手观音菩萨像前的地上。
"这不是个孩子嘛？"上前走近一看，博雅在晴明耳边小声嘀咕。
"嗯。"
一个大约十三四岁的小沙弥捧着卷轴，正在诵读。

  念彼观音力
  众怨悉退散
  妙音观世音

他用稚嫩的声音生硬地模仿着大人的声调，诵读着《观音经》。那声音与其说可怕，不如说是天真无邪。
"你叫什么？"晴明问。
小沙弥没有回答，继续念着经文。
"你听不到吗?!"
博雅说话时，小沙弥的声音忽然发生了变化。

  普门示现
  神通力者
  当……知……是人……

功德……

声音断断续续,同时小沙弥的身体开始挣扎。

　　佛说……是……

念到这里,小沙弥"啊"地大叫了一声。
"好、好热,好热啊……"他苦苦挣扎。
"好热啊,师傅!"小沙弥继续大叫着。
即使如此,小沙弥仍然一边挣扎,一边诵着经文。

　　众……中……八万……四千众生……

他看起来痛苦异常,没过多久,便发不出声音了。
忽然之间,小沙弥的身体呼的一下冒出明亮的火焰,燃烧起来。
"喂、喂,晴明。"
博雅大喊之际,小沙弥已经消失了。
"没有了,消失了啊,晴明——"
掌上灯一看,那处的地面崭新如初,丝毫没有火焰燃烧的痕迹。
"晴、晴明……"
"这看来是……"
晴明手执烛火一照,自言自语。
"必须要好好询问安德大人了。"

七

在点上灯的僧寮里,晴明、博雅与安德、明珍面对面坐着。

"我已经想到您会察觉了。"安德说。

"将那卷轴做成那样的是……"晴明问。

"是我。"明珍低下了头。

"那是个懂事明礼的孩子……"安德深深地叹息着说道。

"喂,晴明,这二位在说什么?"博雅问。

"博雅大人且先听着,之后便会明白的。"晴明说。

博雅稍稍鼓起了脸颊,沉默不语。

"那么,二位从一开始就知道那是谁了,对吗?"晴明问。

"是。"明珍点点头。

"是十三年前寄养在寺院里的一个叫真念的孩子……"安德说,"寺院中,知道此事的人已经所剩无几,而且知道内情的人也有意三缄其口,不对不明真相的人透露任何消息。"

"为何对我们也不透露呢?"晴明问。

"因为这是我们的羞耻。我本以为晴明大人可以在全然不知情的情况下帮我们解决这件事,实在是愚昧。"安德神情痛苦,微微摇头。

"啊,放过我们吧,真念……"说完,他紧紧地咬住了牙齿。

"那真的是个懂事的孩子,也很亲近我,总是喊着'师傅''师傅'……"安德的眼里泪水盈盈。

"可否请您说一说呢?"

"是,我什么都告诉您……"

安德开始讲起来。

八

真念是个聪明心善的孩子,十岁的时候,被寄养在了鸡明寺。他的家人因为流行瘟疫都离世了,邻人便将他送到了寺院。

为真念起名的正是安德。

真念能机灵地干好寺院里的杂活儿，也喜欢模仿安德，学着用大人的声音诵读经文。

"只是，他是个耳背的孩子……"

虽然被救回了一命，但真念从此留下了后遗症。因为发烧，他的耳朵失聪了。

若不在真念耳旁大声地说话，他就听不到。为他诵读经文时，也必须在他耳旁大声地诵读。

"十分羞愧，其实在这鸡明寺，一年中有一两次，我会从村里叫来女人，送来般若汤（酒），与她交好……"

这种时候，会让真念先去睡觉。

可是十年前的那个夜晚，真念怎么都睡不着。

"我知道真念很久以前就想诵经了，于是给了他《观音经》，把他关在了观音堂里，让他在里面诵经文。"

他已经能读得像模像样了。

"在读完之前，不能出来……"安德这样告诉真念，把他带进了观音堂。

"师傅，感谢您，真念真的太欢喜了，真想快点将这《观音经》念给师傅听。"

真念开始在观音堂里诵读《观音经》。

不过，他是个聪慧的孩子，或许会流利地读完这部经书，在宴会正酣的时候出现。

"所以，我就做了手脚……"明珍说。

他给真念做了一卷不论怎么读也不会读完的卷轴。

"真念的死都怪我们。我们是应当坠入畜生道之身。既然真念化作鬼现身了，我们理应受到诅咒。可真念只是那样一味地读着经文，听到他的声音，我们是何等惊慌失措啊……"

安德说着，泪如泉涌。

举行宴会时,大家喝醉了酒,没有人察觉到点着火的烛台翻倒了,火燃烧起来,点燃了大殿。

大殿的火虽然熄灭了,但不知何时,那火花飞到了观音堂,连观音堂也点燃了。

他们大喊着真念的名字,可是声音却无法传到他那儿。

在火焰中,仍能听到真念诵经的声音。

"于是,真念便与观音堂一同化为了灰烬。"安德抹去了眼泪。

"这次时隔十年建造观音堂,正是为了供奉真念。可是,那孩子的魂魄出现在观音堂里,至今仍在诵读那读不完的《观音经》。他的心地是如此善良,真让人悲痛啊……"

说罢,安德号啕大哭。

九

"可真是让人无比哀伤啊,晴明……"

外廊上,博雅一边饮酒,一边说。

"嗯。"晴明将酒杯送到唇边,应道。

庭院里,染红的枫叶簌簌地离开枝头飘落下来。

昨夜,晴明与博雅再次前往鸡明寺,处理了剩下的事。

从鸡明寺回来,二人径直回到晴明的宅邸,在这里喝起酒来。

"不过,晴明啊,你一开始就知道那卷轴的事了吗?"博雅问。

"是啊,一看到就明白了。"

真念诵读的卷轴头尾相连,做成了无论如何读也读不完的模样。

昨夜,晴明带着一把小刀靠近真念,将卷轴头尾相连的部分切成了两半。

佛说是普门品时

众中八万四千众生

　　皆发无等等

　　阿耨多罗三藐三菩提心

　　释迦牟尼佛说这篇《普门品》时，参加法会的大众之中，有八万四千众生都发下志求无上正等正觉的誓愿。

　　真念念完这段，面带笑容，喊着"师傅，师傅"站了起来。

　　"我念完了。我念完了！"

　　真念欢喜地喊道，面带笑容，看着晴明和博雅。

　　随后，他的身影消失了。

　　"那时，真念可真是一副欢喜的模样啊，晴明……"博雅说。

　　"嗯。"晴明点点头，将酒杯抵在唇边，含了一口酒。

　　庭院里，红叶瑟瑟，翩翩落地。

净藏恋始末

一

憔悴才把君忘记
又被莺唤起

晴明吟了一首和歌。

源博雅说道:"这可真是少见的光景。"

二人正在饮酒。这是在晴明宅邸的外廊上。

如往常一样,晴明身着白色狩衣,背靠廊柱,右手纤细的手指握着盛有半杯酒的杯子。

喝了半杯酒,晴明将酒杯拿开,举在半空中,喃喃念出方才的和歌。

"晴明,你也会写写和歌啊。"

"我写和歌啊……"晴明莞尔一笑,细长而清秀的眼角看向博雅。

晴明的脸正朝着庭院,只是转了转眼睛,将目光移到博雅身上。

庭院里白梅盛开。微风拂来,甘甜的香气盈盈四溢。刚刚隐去的梅花芬芳又再次聚来。

繁缕、野萱草、山蒜，庭院中四处萌生新绿。

"忘记思念的人，着实很难啊。"博雅喃喃自语。

"你明白这首和歌的意思？"

"明白。"说着，博雅将手中的酒杯放在了外廊上。一旁坐着的蜜夜重新往杯中注入美酒。

"说的是终于要忘却那个人了，却听到了莺啼，又再次想起，对吧？"

"差不多是这样吧……"

"怎么回事，晴明，你话中有话呢。"

"不，博雅，不是说你说错了。"

"晴明，难道你话中的意思不正是我说错了什么吗？你那样的说法……"

"并不是。"晴明苦笑。

"晴明，你的笑里也有些不怀好意啊。你给我老实说来。"

"不，只是那莺……"

"莺怎么了？"

"你觉得是什么？"

"什么是什么，莺不就是莺吗，还有别的含义？"

"其实这和歌应该是写了春日里的事。莺也会啼叫。不过，这并不是指莺的啼鸣本身。"

"你说什么？"

"这说的是思念之人的声音。嗯，应该是指她的书信。虽然也可以说成是她的消息，不过解释为书信较好。"

"喂，晴明。"

"怎么了？"

"你不会是在害羞吧。"

"害羞？"

"不必羞赧，有了心爱之人是件好事。你能有这样的情绪，我也觉得欣喜……"

"等等，博雅。"

"不等。这怎么了。若是自己作的和歌，莺啼是消息还是书信，什么都可以说。可是看这和歌的人，怎么会知道莺啼是书信呢？"

"不，博雅啊，这不是我作的和歌。"

"什么？"

博雅举起酒杯的手又停了下来。

"那是谁作的和歌？"

"是净藏大人。"

"净藏大人……"

"嗯。"晴明点点头。

净藏是三善清行之子，在将门之乱的时候进入比叡山，修行降服之法。

去年将门苏醒，想再次对都城下咒，那时净藏与晴明曾一同解决此事。如今，净藏应当是居住在东山云居寺。

"没想到，净藏大人竟然作过这样的和歌……"

"的确作过。"

苦心修行，终于要把你忘记的时候，却收到了你的书信，思念之情又被唤起——这首和歌传递的正是这样的意思。

"唔……"博雅也只得深深叹息。

说起净藏，那是一位名僧，更是别具一格之人。

"净藏大人今年应该是七十有一的高龄了吧？"

"嗯。"

"哎呀哎呀，这样的事虽然令人吃惊，却也着实令我欣喜。嗯，不是一件坏事。"

"不，博雅。的确是净藏大人作了这首和歌，但不是这个春日写的。"

"那是什么时候？"

"是大约四十年前的事了。"晴明说。

"你说什么——"博雅浑身上下仿佛突然失去力气一般，"是极为久远的恋情了吗？"

"不，博雅，似乎也不是这样。"

"你说什么？你刚才不是说是四十年前的和歌吗？"

"的确如此，不过这恋情，或许还……"

"还怎么样？"

"或许还未结束……"

"这可……"博雅感慨万分，欲言又止。

"对方到底是什么样的人呢？"

"嗯，向他本人询问不是更好？"

"向他本人？"

"他马上就会来到这里。"

"什么？"

"两天前收到了净藏大人的来信，说要过来。"

"嗯。"

"那书信里写了这首和歌，问我能否为了这和歌中的女子，助他一臂之力。"

"这样合适吗？"

"什么？"

"就是我也在这里啊。这不是保密的事吗？"

"无妨。对方已经知道你在这里了。我已告知净藏大人，您来访时，源博雅大人也在。净藏大人是知道后才来的，所以你在也无妨。"

晴明说话之际，蜜虫从外廊那头转过弯，正往这边走来。

蜜虫来到面前，跪坐在外廊上，说："净藏大人来访。"

"带大人过来。"

晴明说完，蜜虫行了一礼，应道："是。"再次起身，在外廊上消失了。

不一会儿，蜜虫带着净藏一同出现了。

二

净藏迈着有力的步子进来，在外廊上坐下，那矍铄的精神让人完全想不到他已有七十一岁高龄。

晴明与博雅相对而坐，净藏则在二人中间往后约两步的位置坐着，面朝庭院。

蜜夜摆好新的酒杯，往里倒酒。

杯里倒满酒后，净藏端着酒杯送到唇边，低低地说："这酒可真是许久未尝到了啊。"然后仿佛觉得极为美味一般，嘬了一口酒，咽了下去。

等到那酒渗入脾胃后，他呼了一口气，喃喃道："真是如甘露般甜美啊……"

净藏将空了的酒杯放在外廊上。蜜夜想重新斟酒，他却说：

"不必了，已经足够。"

他皱纹遍布的脸上，稍稍染上了红晕。

"有点醉了……"

他的脸上的确已带上了酒意。仅仅喝了一杯酒，净藏已觉得天旋地转。

坐在那里的无疑是位七十一岁的老者，举止却如幼童一般无邪。

"好院子。"望着庭院，净藏说道。

不仅有繁缕，还有荠菜，甚至连宝盖草也在四处繁茂地生长。

阳光从屋檐下斜射进来，照在净藏膝前。

"晴明啊，我寄出的和歌，你已看了吧？"净藏郑重其事地说。

"嗯,晴明若能帮上忙,一定不遗余力……"

"哎,真是不像话啊。我惹出的麻烦,却得请你来善后。"净藏面露愧色地笑着,继续说道,"不过,晴明啊,我想,这样的事交给你这样的人最好不过了……"

说着,他看向庭院。

午后的阳光中,梅花香气沁人心脾。

"已经是四十多年前的事了吧。因为稍稍传出了风声,你多少应该听说了。"

"是的。"

听到晴明的应答,净藏接着说道:"博雅大人,或许您会觉得无趣,可否姑且听听我的陈年旧事?"

"自然。"博雅低头行礼。

净藏默默地点点头,看向晴明和博雅。

"曾经发生过这样的事……"

净藏开始讲起多年前的往事。

三

大约在四十年前,净藏那时才三十出头。

有一位名为平中兴的男子,担任近江守的职务。

此人家中富裕,有多位子女。其中有一个女儿,面容姣好,有一头秀美的长发,举止端庄,外表可谓无可挑剔。

中兴和他的妻子非常宠爱这个女儿。曾有数位身份高贵之人夜里来访,父亲中兴都没有允许,因为他想将女儿献给天皇。

可是一直没有这个机会,眼看着女儿已经二十岁了。

可谁也不曾想到,女儿身上发生了匪夷所思的事,

她被妖怪附体,如今身体抱恙,已经躺在床上好多天了。

"这是中了什么邪吧。"

中兴四处差人寻找祈福之人,叫到家中进行祈祷,却没有一点效果。

中兴的下人便说道:"听说叡山有一位名叫净藏的大德。"

虽然当时才三十岁,但净藏已经声名远播。近江守中兴立即遣人进入叡山,以厚礼相待,净藏便动身出山了。

到达中兴家中后,净藏隔着帘子,为中兴的女儿进行加持。

依附之物立即消散,妖物离去后,女子很快就痊愈了。

净藏本想即刻返回叡山,中兴却挽留了他。

"还请在我府上住下,进行为期数日的做法祈福。"

按照中兴所说,净藏暂时在府上住下,为中兴的女儿进行加持。有一日,不曾想有风吹起,卷起了帘子,净藏看到了中兴女儿的容貌身姿。

净藏心里瞬间生出爱慕之情。那情意是如此真切,使得净藏这般大德也无法安然诵经。

他心里明白,这样下去,自己不知会做出什么事,必须返回叡山。

然而,他每次提出要回叡山,都被中兴一再挽留。

一被挽留,他便更加思慕那姑娘,于是留了下来。

渐渐地,净藏食不下咽,身形也日渐消瘦。中兴的家人都说,净藏不会也被妖怪附身了吧。

终于,该发生的事还是发生了。

既然情深如此,那姑娘又怎会不知。

"净藏大人……"姑娘从帘子那头呼唤,"您是怎么了?"

正巧中兴不在家,那温柔的呼唤更令净藏无法自持。他掀起卷帘进入里面,抱住那姑娘。

"我的体内有鬼依附。"

如火一般炽热的言语传入姑娘的耳中,她并没有抵抗。

"我的体内也有鬼……"

她的身体紧紧贴着净藏。

于是,二人行了那隐秘之事,但不久便被中兴和世人知晓了。

"真是个不知廉耻的和尚,以为你是大德,没想到根本不是。被你骗了。"

中兴对净藏破口大骂。净藏无言以对。

"我已经无法留在这里了。"

净藏离开了中兴的宅邸,但也无法回到叡山,于是他来到鞍马山,闭门不出。

他在远离人烟的山中结庵,每日在瀑布下沐浴净身,诵读经文,但仍然无法忘却那姑娘。

整日心神不宁,浮现在脑海里的都是那个姑娘的脸庞和声音,以及那柔软的身体、温暖的肌肤……

一年过去了,两年也倏忽而逝。

三年过后,他都已经有了弟子,可仍然忘不了那个姑娘。

一天,净藏醒来后,发现枕边放着一封书信。

"是谁放在这儿的?"

问了弟子,可是弟子也都说不知道此事。

打开信一看,是那姑娘寄来的。

"这封书信来自我暗暗思慕的人。"

那里面只有姑娘亲笔写的一首和歌。

> 如墨鞍马山
> 望君速速还

这首和歌的大意是,进入鞍马山中的人儿啊,无论道路如何漆黑,还请沿着这条路,回到我身旁。

究竟是谁将书信带到了这里,总不会是那姑娘自己来了。

净藏立即心乱如麻,他虽然佯装镇定,可那伪装自己的外衣早已像风雨中的树叶,飞到了天边。

净藏那副慌张狼狈的模样,实在让人可怜。

"此刻应该忘却这件事,专心修行。"

净藏想忘却那姑娘,精进修行,却毫无效果。

午夜时分,净藏如飞奔一般下了鞍马山,到了姑娘的宅邸,托人告知姑娘自己来了。

姑娘悄悄地将净藏迎进屋里,又行了隐秘之事。

趁着夜色,净藏回到鞍马山,却对姑娘愈加思念。他心如刀绞,便送了一首和歌给姑娘。

　　憔悴才把君忘记
　　又被莺唤起

那姑娘回了一首和歌:

　　君竟狠心将我忘
　　莺啼时分才想起

和歌大意为,竟已将我全然忘记了吗?莺啼之时才将我想起,真是令人悲伤不已。

为此,净藏又送去了和歌。

　　为君弃万物
　　何故又怨吾

为了你,我已修行无果,为何你却还要怨我曾将你忘记一事呢?

净藏将自己的心绪寄于和歌中,传递给那姑娘。

如此书信来往之时,又再次被中兴及世人知晓。终于,中兴将女儿带到别处,谁都不知道她去了哪里。

四

"这已经是四十多年前的事了……"

说完以后,净藏又自言自语。

梅花的清香阵阵传来。净藏静静地一笑,那神情无法用语言形容。

"曾两次鱼水相融……"看着梅花,净藏说道,"这一生我曾如此亲密的女子,只有她一人,此外便再无别人了。"

他感慨良多地吸了一口气,呼了出来。

"真的想不到,净藏大人竟作过这样的和歌。"晴明微笑着说。

"可别笑话我,晴明啊……"

不知是不是喝了酒的缘故,净藏的脸颊还染着红色。

"我深深地明白,我的体内也住着鬼。"净藏喃喃自语。

"那么,需要我做什么呢?"晴明问。

"关于这件事,晴明啊。"净藏将视线从庭院中转到晴明身上,轻声说道,"我已经知道那姑娘的所在了。"

"哦……"

"有人传信给我,是那时在中兴的宅邸做下人的人,也是他将我的信传给那个姑娘的。"

"是吗?"

"说她现在正在西京某处结庵而居……"净藏说到这里,反反复复地呼吸了数次,"可是,听说那个姑娘患了病,已经时日不多了。"

"怎会如此……"

"姑娘说在临死前,想见我一面。"

"这样的话,您前往不是更好?"

"可是,我无法前去。"

"为何?"

"她说,虽然思念着我,可是不愿相见。"

"是那位姑娘说的吗?"

"嗯。"

"可真是……"

想在临死前见他一面,却又不愿与他见面,因为害怕相见。

据说姑娘想见他,却告诉那下人,切不可将自己的情感告诉任何人。

姑娘的父亲中兴和母亲都已不在人世,只有原先的一个下人照顾着她。

将自己的情感告诉净藏,又能如何呢?净藏或许已经将自己忘记。若是他无法想起自己,没有什么比这更让人难过了。

即使他还记得,可他如今已是名满天下的高僧,也不会特地来相见。

即使见了面,又能如何呢?姑娘已经年逾六十,已不再年轻。她如今年老色衰,白发如霜,脸上皱纹遍布,往日容颜已再难寻觅。

那姣好的面容早已随着岁月流逝而消失,看到现在的自己,净藏会作何感想呢?

所以不想被他看见。若是净藏还记得自己,那就记住自己从前的美丽吧。将不堪的一面暴露在净藏眼前,实在是让人恐惧。

想见他,可是又不能将这份心情告知净藏,所以希望不要告诉他。姑娘是这样说的。

"哎,可真是……"晴明与净藏一同叹息,不知该如何是好。

"净藏大人还思慕着那位女子,是吗?"

"嗯。"

"既然如此，您前往相见岂不是更好？"

"就是因为这个啊，晴明……"

"怎么了？"

"我也害怕着呢。"

"害怕？"

"若是见到了那姑娘，自己会如何？我真的不知道。"

"……"

"正如那姑娘所说，若是看到了她的样子，我的思慕烟消云散了……"

净藏不知如何让自己的心平静下来，犹如幼童一般战战兢兢。

"那么，净藏大人，我该怎么做呢？"

"希望晴明大人能去西京，悄悄地看看她。"

"恕难从命。"晴明说，"万万不可。"他的语气十分坚决。

"可是，晴明，刚才你不是说愿不遗余力吗？"一直缄默不言的博雅在一旁说道。

"博雅大人，这是净藏大人之心。不论我是否看了那姑娘，又如何向净藏大人传达，都无法解开净藏大人的心结。"

晴明特地转过头对博雅说道，自然也是说给净藏听的。

"啊，晴明，若是碰到自己的事，我也束手无策。"净藏说。

"那么，净藏大人，可否容我问几个问题。"

"请问。"

"问完之后，就由晴明我斗胆处理了。"

"唔，嗯。"

"不论如何，届时还请按照晴明我所说的做，可好？"

"可以。晴明啊，我相信你。你既然这样说了，便一定没有差错。"净藏说。

"那我就问了，净藏大人。"

"但问无妨。"

"净藏大人，是否还有什么事没有坦诚地告诉我？"

"还、还有什么？"

"那位姑娘住在西京，不是很久以前就通过人调查得知了吗？"

"唔……"

"如何呢？"

"正、正是。"净藏像下定决心一般点点头。

"那么我问问您关于莺的事儿吧。"

"莺如何了？"

"净藏大人在鞍马吟诵和歌时，莺是否真的啼鸣了？"

"莺？！"

"是的。"

"这可……"净藏侧着头思索起来。

不是莺也可以，不论是虫还是鹿，事实上都没有鸣叫，却写了它们在鸣叫，这种情况经常在和歌里出现。

"净藏大人，这已经是人尽皆知的事情了，只是您尚未察觉。"

"你说的是什么事？"

"我们走吧。"晴明站起来。

"去何处？"

"去西京——那位姑娘所住之处。"

"你、你说什么？"

"方才已经说了，按照晴明我所说的做。我们走吧。"晴明不留余地地说着，催促净藏。

"嗯、嗯。"净藏低声应道，站起身来。

"博雅大人，我们走吧。"

"我、我也去吗，晴明？"

"去吗?"

"去吧。"

"那就走吧。"

事情就这样定下来了。

五

两辆牛车往西京驶去。

净藏知道那户人家在哪里,所以净藏的牛车在前面,晴明和博雅的牛车在后面。

辘辘辘辘,牛车向前驶去。

"不过,晴明啊,我还是不明白。"博雅说。

"何事不明白,博雅?"

"你说了恕难从命,可为何又要去了呢?"

"因为我不知莺是否啼鸣。"

"莺?"

"嗯。"

"那是指什么,我还是不明白。"

"马上就会明白的。"

"但是,这样做无妨吗?"

"什么?"

"对方已年届六十,而且身体抱恙,更何况四十年前两人便已分别,此后再未相见。"

"嗯。"

"若是见了面,净藏大人看到那位容颜早已不复当初的女子,会怎样想呢?那时不论言辞如何温柔,对方肯定也能马上看出净藏大人内心的想法。"

"是啊。"

"这样好吗？"博雅不安地问。

"去了便知道了。"

晴明简短地回答，然后便缄口不语，只剩下牛车轱辘轱辘往前行驶的声音。

六

眼前是一处简陋的居室。

这座茅屋自然没有围墙，屋顶乱草丛生，甚至让人觉得会漏雨。

在称不上庭院的庭院里，有一株梅花。花开了七分，香气阵阵传来。

晴明在门口呼唤后，出来一个似乎上了年纪的下人，他很快认出了净藏。

"净、净藏大人。"下人的声音中透着惊慌。

"请让我们进去。"晴明说，接着便催促道："净藏大人，请。"

净藏跟在晴明身后，默默地进入屋里。

地上铺设着简陋的被褥，睡着一位老妪。

屋内既没有屏障，也没有帘子，她的样子顿时落在了众人的眼里。

她的头发全白了，微微张口，静静地睡着，发出呼吸声。

察觉到有人进来，老妪微微睁开眼，用浑浊的眼睛朦朦胧胧地看着晴明、博雅以及净藏。

她看到了眼前的人。

"啊。"

老妪悲痛地喊出声，弓起身子，用被子把整个身子蒙了起来。

被子里传来低沉压抑的、如野兽咆哮声般的哭泣声。那哭声里夹着断断续续的细微话语。

"请您回去，请您回去。"

净藏也沉默不语，无言以对，双眼里却忽然涌出泪水，流过脸颊。

净藏的唇间发出声音。那声音饱含着无论如何也难以克制的激烈情绪。

或许是听到了这声音，被子里的哭声停止了，老妪从被子下面露出了半张脸。

老妪看着净藏。

"晴明啊，我感谢你……"

净藏喃喃地说着，靠近老妪，在她面前跪下。

老妪伸出满是皱纹的手，轻轻地、慢慢地将蒙在脸上的被子取下。

"我的恋人，你为何哭泣？"净藏用温柔的声音说，"我在这里啊。"

他的眼里又涌出了泪水。

"花了四十年啊，请原谅我，原谅我吧……"

净藏伸出手，老妪也从被子下面伸出了手。两人的双手相握了。

"四十年来，我不曾忘记过你。那莺就是我啊。你终于发现了。"

净藏温柔地环抱住老妪的肩，紧紧抱着她。

"虽不知你我还有多少时日，但剩下的日子，我们就一起度过吧……"

老妪声泪俱下，恸哭起来。

在净藏身后的晴明与博雅听到了那声音，默默地走出门外。

七

牛车轱辘轱辘往前走去。车内，博雅用袖子拭去脸上的泪水。

"真是一段佳话啊……"博雅喃喃道。

"嗯。"晴明点头。

"可是，晴明啊，我还是不明白。"

"什么？"

"净藏大人说那莺是自己,是怎么一回事呢?"

"就是说,那和歌是净藏大人在不知不觉间写下来的。"

"什么?!"

"净藏大人入睡之际,另一个净藏大人起身,将自己真正的情感寄托于和歌中,模仿着那姑娘的笔迹写下了和歌。"

"什么……"

"那下人前往净藏大人住处,告知了女子患病的事,其实那下人也是如此。"

"你说什么?"

"在不知不觉之间,另一个净藏大人化成了下人的模样,让他来到自己身边。"

"唔、唔。"

"还记得我向净藏大人确认,是否差人去调查过女子之事吗?"

"嗯。"

"若是此前便知道了女子的情况,在自己未曾察觉之时出现了这样一个影子,也是有可能的。净藏大人欺骗了自己,终于去见了那位女子。"

"……"

"知道了这一点,就不再犹豫了。"

"犹豫?"

"既然净藏大人用情如此之深,那无论对方变成什么模样,他都不可能改变心意。所以即使用上非常手段,我也要将净藏大人带到那里。"

"原来是这样……"

"不论是消瘦还是枯槁,他都是天下闻名的净藏大人。若不是真心想去,不论我用什么手段,他也不会去的。"

"是啊。"

"净藏大人为了让我再推他最后一把,才来到了这里。"晴明说。

微风吹入帘内,梅花的幽香阵阵飘来。

不知从何处,传来莺的啼叫声。

阴阳师

天鼓卷

罐博士

一

"您有什么难处吗?"

据说有一天,一位老爷子走来,这样说道。

那是个衣衫污浊的老爷子,他身上穿着褴褛破旧的小袖和服,鹤发白髯,皱纹深重,背上绑着一个需要双手环抱的罐子。

老爷子自报家门,说自己名为忘欢。

最早与这忘欢交谈的是橘中季的下人——一个叫政之的男子。

那时,这位老爷子在门口晃来晃去。他背上背着罐子,往宅邸里面看去。

"噢……嗯……"

他口中仿佛在念叨着什么。

政之感到奇怪,便问老人:"你有什么事?"

然而,政之反而被老人问住了:"您有什么难处吗?"

"你说难处?"

"对,您正为什么事而苦恼吧?"

政之此时确实为一件事所困扰,是主人橘中季的事。

准确地说,以忠季为首,宅邸中上上下下的人都在发愁。可是——

"你为什么会知道这事?"政之问道。

"因为能看见。"

"能看见什么?"

"许多东西都乱套了,比如地里的龙脉、府上的气。"老者仰头望望天空,又低头看看大地,这样说道。

"你看得见这些?"

"是。"

"你说这些乱套了?"

"正是。"

"你说的乱套是怎么回事?"

"府上发生了不吉之事。若放在平常,本来是些不足挂虑的小事——比如说府中的人跌上一小跤,却会身负重伤,有人还会罹患重病,还有的人身边的重要之物会丢失或破损……"

"这……"政之顿时语塞,竟然一件件都被说中了。

"要是听之任之,最终会有人失掉性命啊。"

老者语调柔和,可说出的话却让人介怀。

最近,府上的奶娘不小心失足摔倒,或许是因为倒地时手支撑的位置不对,结果右手骨折了。还有一个下人在庭院里摔倒,脸磕在石头上,摔断了牙齿。

主人忠季也得了怪病,这十天来一直卧床不起。

忠季珍视的圣上所赐的笙,也不知所踪。

除此之外,在这半年内,还发生了许多起类似的事情。一个月前,忠季的父亲道忠也因病去世了。

"最终会……是什么意思?"

"这究竟是什么意思呢?"

不知是糊弄人,还是在卖关子,老人话中的意思恐怕是,现在卧床不起的主人忠季最终或许也将死去。

"你、你叫什么？"

"小人名为忘欢。"

问了名字，政之立即去主人忠季面前汇报。

忠季虽然因病卧床，倒不是无法动弹，只是从胸口到腹部阵阵疼痛。但也不是疼得要命，不至于因为忍痛在人前露出异样的神色。

他为了养身子在床上躺着，但和人说说话还是可以的。

"将他带到庭院里来。"

这样说着，忠季立起身子稍稍整理衣衫，来到了外廊，面朝坐在院中地上的忘欢。

忘欢将背上的罐子放在身旁，抬头看着忠季。

"你就是忘欢？"忠季说。

"是。"忘欢微微低头。

"你说这宅邸中的地脉乱套了？"

"小人说过。"

"所以宅邸中会发生不吉之事？"

"正是。"

"为何会发生这样的事？以前可一直好好的。"

"去年春天发生过地变，都城的大地剧烈晃动，大人可还记得？"

"记得。"忠季点点头。

去年樱花盛开的时候，大地确实曾经剧烈晃动，有许多座庙宇坍圮，佛像倒塌。有的宅邸的大门和墙垣也倒塌了。

"因为那次晃动，地脉发生了变化。"

"地脉？"

"从玄武船冈山至巨椋池，这地下流淌着巨大的龙脉。这都城凭借着东边的青龙鸭川，西边的白虎山阴道，以及东寺和西寺的两座巨塔，才能偃息贮气。"

"是这样啊……"

"可是因为那次晃动,地相有异,脉流有变,一部分气脉涌向东边,却被青龙鸭川硬生生地挡回去了。"

"是吗……"

忘欢所说的话,忠季大部分都无法理解,只能点头附和。

"这硬生生被挡回去的不正之气,恰好涌向了这座宅邸。"

"不正之气……"

"使气脉乱了套。"

"所以呢?"

"这气脉一乱,宅邸主人就无法尽享天年,会遭遇诸多不吉之事。"

"真的?"

"信与不信,皆由忠季大人判断。"

"你说的话就像阴阳师说的。"

"我自然是通晓阴阳之道,可我并非阴阳师。"

"那你是什么?"

"我只是个租罐人。"

"租罐?"

"人世中多有不吉之事,却并不都是因为龙脉紊乱而起。我便寻找这样的人和这样的宅邸,租借这个罐子,获取寥寥无几的小钱,以此为生。"

忘欢用手拍得身边的罐子啪啪响。那是个古旧的土黄色罐子。

"就是说,靠这个罐子就能祛除祸事?"

"大人可愿一试?"

"总不至于要骗我吧。"

"小人不敢。在您试用完了这罐子以后,再收取钱财也可以。"

"要是用了后,还是祸事不减,效果全无,可别想让我给你什么。"

"自然如此。"

忘欢说得胸有成竹，所以忠季也有尝试的打算。

"那就交给你试一试吧。"

事情的经过便是这样。

"现在，该怎么做？"忠季问道。

"那么——"

忘欢站起身来，如同在观赏庭院中的景色一般，缓缓而行，边走边四处眺望。

"就是这里了。"

忘欢所停之处是宅邸的东北方向，即鬼门。

"可否挖掘一下这里？"忘欢说。

"挖？"忠季问。

"挖四尺左右即可。"忘欢用手指指着脚下的地面。

政之等家仆马上开始用铁锹挖掘此处。在挖到四尺深的时候，忘欢说："这样即可。"他将放在庭院里的罐子搬到此处，放在刚挖好的洞口旁。仔细一看，那罐口用纸封住了，在罐口下方较细的地方系着一圈绳子。

因为罐口被纸封住了，无法看见其中究竟装着什么。

"请备笔墨。"

忘欢说完，一个下人便拿来了笔墨和砚台。

忘欢将砚台放在地上，开始磨起了墨，接着用手中的毛笔蘸满磨好的墨，口中说着"那么……"，在封住罐口的纸上写了一些文字。

　　恶物当入

　　祸事莫出

随后，忘欢又绘上了状如文字的图样，不过忠季无法辨别那些文字。

写完后，忘欢说："那么，请将这罐子埋在洞里。"

下人们将罐子放进刚挖好的洞里，在上面盖上土。不久，罐子便被埋入了地下，地面平坦如初。

"这样便行了。"忘欢说。

"真的可行吗？"忠季问。

"是的。"忘欢笑着点点头，"只是有一件事，还希望您能答应。万万不可打开这个罐子，窥视其中。还请您千万别这样做。"

"行，我知道了。"

"一个月之后，我会再来府上叨扰。随后过上一两年，等地下的气脉安稳后，便不必再来了。但之前必须得这样做。"

说完，忘欢便不知去向了。

从这天起，忠季府上频繁发生的祸事忽然不再发生了。

忠季的病也如奇迹一般，不过两日便痊愈了。只能认为这是忘欢在东北方向埋下的罐子的功劳。

"之后如何了呢？"

大约一个月后的某天早晨，忘欢来了，让人挖出了罐子。

"我离开一会儿。"

忘欢背着罐子不知去了哪里。

傍晚时分，他回来后，又将罐子埋回了洞里。

不知什么时候，封住罐口的纸换成了新的。重新埋回去之前，忘欢又像此前一样，用笔在罐口写上了同样的文字。

这种情形持续了半年。忘欢隔一个月来一次，让人挖出罐子，背着罐子消失后，傍晚时分回来再次将罐子埋下。

这期间，忠季开始慢慢放松下来。此前为祸事所困的情形，想来就如同梦境。

忠季不禁想道：下人摔倒受伤，父亲病死，自己也患上重病，或许只是偶然的巧合？有人摔倒受伤，有人生病去世，这样的事情在哪儿不都会发生吗？自己家中也不过是恰巧赶在一起罢了。

忘欢这老头不知从哪里听说了消息，想要金子，才信口胡说蒙骗我吧。仔细想来，每隔一个月就背着罐子去某个地方再回来，这种行为本就是为了装模作样，不正是忘欢使出的手段吗？

不过比起这个，忠季更在意的是罐子里装着什么。

那里面究竟装着什么东西呢？

听下人说，每次从洞里挖出来，罐子都会比埋进去时重一些。那罐子埋在土里，天上会下雨，地上也会有露水。是这些水渗透了纸，让那罐子里积了水吗？

忠季越想越在意那罐子里装着什么。

二

"忠季大人最终还是命令下人挖出了罐子，晴明。"源博雅说。

这是在晴明宅邸的外廊上，二人坐在那儿望着庭院，喝着酒。

夜里，外廊上立着灯台，那里亮着一点灯火。

九月，庭院里已寒风瑟瑟，满是秋意。草丛中有秋虫鸣叫。夜里的空气如同散发着透明的微光。

晴明身着白色狩衣，上面映着的赤色火光轻轻摇曳。

"之后呢，如何了，博雅？"晴明问道。

于是，博雅的唇角浮起了愉悦的笑意，反问道："什么之后？"

"那罐中应该装着什么吧。我是问你，那是什么呢？"

"想知道，晴明？"

"嗯。"

"是个谜，你猜猜呀。"

"猜？"

"里面装着什么，晴明你来猜猜啊。"

"难不成是鬼在里面？"

"错了哟，晴明。"

博雅开心地说着，拿起了装着酒的酒杯。

"原来你也会搞错呀。"

他像觉得极为美味似的，将杯中的酒一饮而尽。

"那里面是什么呢？"

"是婴孩。"博雅将酒杯放置在外廊上，说道。

"婴孩？"

"忠季大人命人打开罐子后，里面装的是看起来刚出生不久的婴儿，晴明。"

当时看到里面的情形，无论是忠季还是下人，都震惊不已。

婴儿赤裸着身子，没有穿任何衣物，蜷缩着身体坐在罐子底部，闭目而眠。

忘欢放下这罐子是在三日前。这孩子在罐中待了三天三夜，竟然没有被冻死。

就算如此，这婴儿三天来应当没有喝一滴乳汁，也滴水未进。虽说是在罐子里，可这样埋在地下，竟然还能存活下来！

之前，罐子里一直有这婴孩吗？还是说这是第一次装了婴儿，而另外几次又装了别的东西呢？

实在是令人费解。

一位下人正想将孩子从罐中取出，忠季却说："住手。"

他接着说道："我们违背忘欢大人的交代，挖出了罐子，并打开看了里面的东西。这孩子能待在罐中不吃不喝不哭泣，还继续睡着，不管怎么想都太奇怪了。这不可能是个普通的婴儿。别去碰它，就这样盖上盖子，重新埋回去。"

事情的来龙去脉就是这样。

不想，自那天以来，忠季的宅邸又开始发生怪事。

擅自挖出罐子窥视其中之后,过了三天,忠季又再次患病,卧床不起,而且比此前的情况更糟。

忠季想,这也是因为挖出了那罐子,看了里面之故。

他倒是想快点解决,可等到忘欢再来,还有二十日有余。

"于是,忠季大人走投无路,才传话给我,对吗?"晴明说。

"就是这么回事,晴明。"博雅应道,"忠季大人的侍从来我这儿,说希望让你解决这件事。"

"你交代的事,我怎么会拒绝呢,博雅。"

"那么,跟我走一趟吗,晴明?"

"嗯。"

"何时去?"

"明天怎么样?"

"我无妨。"

"那么,明天——"

"去吗?"

"去吧。"

事情就这样定下来了。

三

"噢,我出来了……"

橘忠季双手撑在拐杖上,勉勉强强站立着,面色青白。

几个人用铁锹和锄头挖着庭院,终于把那罐子挖出来了。

那罐子从洞里挖出后,放在了地上。如传闻中一样,罐口用纸封着,系着绳子,纸上写着"恶物当人,祸事莫出"。

"就是这个罐子,晴明。"

晴明边上站着的博雅说道,喉咙里发出吞咽口水的声音。

"那么，请问哪位可以帮忙打开这罐子呢？"

晴明说完，大家面面相觑，并没有人立刻站出来。

里面的婴孩如果还活着……不，如果已经死了……不管是哪种情况都很可怕。

这时，那个叫政之的下人走上前来。

"我来。"

政之靠近罐子，先解开了系住封纸的绳子。

"这就……"

他小心翼翼地拿着纸，取了下来，却没有往里面看的勇气。

"怎么样了？"

因为害怕，政之将脸背了过去，看向问话的忠季，用紧张的声音问："您、您说什么？"

"罐子里啊，里面有婴儿吗？"

既然主人忠季都问了，政之也似乎下了决心，往里面看去。

"没、没有。"政之说。

"你说什么？"

"没有。之前那个孩子不在里面了。"

晴明和博雅一同靠近罐子，依次往里面看去。

哪里有什么孩子，这罐子里连泥土都没有一撮。

"原来如此，是这么回事。"晴明边点头边喃喃自语，丝毫没有露出惊异的神色。

"晴明啊，你说原来如此，是说一开始就知道罐子里什么都没有吗？"博雅询问道。

"我不知道，只是想过也许会发生这样的情况。"

"那、那么……"忠季不安地提高了声音。

"您这里祸事再起，想来正是因为那婴孩消失的缘故。"晴明说。

"这……"

"可有人见过这里面的婴孩?"

"我见过","我也见过"……晴明一问,大家虽然有些惶恐,但在这里的人大抵都见过,便纷纷应答。忠季与政之也见过。

"忠季大人,可否告知我当时的情形?那是个怎样的婴孩呢?"

"你说的怎样是指……"

"看起来大约几岁?"

"这可……可没有几岁。看起来像是刚生下来,可能还不到一年的样子吧?"

忠季像是寻求认可一般,看向政之。

"就如忠季大人所说,看起来是个生下还不足一年的孩子。"政之说。

"那婴孩是男孩还是女孩?"

"这、这可不清楚。"忠季说。

"此外还有什么发现吗?"晴明向在场的下人及挖洞的人问道。

大家面面相觑,纷纷感到不安,时而垂下视线,时而抬起头,似乎都在等其他人开口。

"什么都可以。"晴明说完。

一个下人开口了:"其实,小人发现过一件事。"

"是什么?"

"那个婴孩屁股上长着一条状如尾巴的东西。"

"尾巴?!"

"不、不。小人不知道那是不是尾巴,只是看起来像而已,或许是绳子之类的。藏在屁股下面,其他人可能看不见,但从我所在的地方看去,那东西确实……"

"你看见了,对吗?"

"是。"

"那尾巴是怎样的?"

173

"看起来像是传说中的老虎尾巴,我虽然没亲眼见过……"

"颜色呢?"

"我记得是棣棠色的,还带有黑色的条纹。"

"哦。"晴明像是明白了什么,点了点头,重新转向忠季说:"有件事还要问一问大人。"

"什么事?"

"您府上的人,或进出府上的人中——尤其是挖罐子那天在府上的,有谁的孩子这一年间刚出生没多久就夭折了?"

"这、这怎么了?"

"因为有些让人在意。若是没有,我再考虑别的可能性,但现在看来这是最为可能的。"

"什么可能?"

晴明没有回答忠季的问题,而是又问道:"有这样的人吗?"

"怎么样?"忠季也催促道。

于是,一个下人说道:"有。"

"有个负责照管院中草木的人叫猪介,时常进出宅邸。那人刚出生不足五个月的孩子因病夭折了。"

"那猪介挖罐子当天也在这里?"

"在的。"那下人回答。

"那今天猪介……"

"不在这儿。"

"是吗?"

"事发当日因为要干庭院中的活儿,住在了宅邸中,第二天回家后就再没来过。"

"是活儿做完了?"

"不,庭院中的活计还未完成,但负责整理庭院的并非只有猪介,即使少一个人,也不会耽误进度,所以……"

"所以就没再来？"

"是。"

"从开罐那天算起，今天已经是第八天了吧。"

"正如您所说。"

"猪介家住何处？"

"在都城以西，天神川附近。"

"必须去那里一趟。谁可以带路？"

政之走上前来，说："我曾去过一次，知道地方。"

"那我们就出发去那里吧。"

"现在吗？"

"立刻出发吧。"

晴明说完后，政之看向忠季。

"就按晴明大人说的做，立即去准备。"

"是！"忠季交代完后，政之俯首应道。

晴明对正要转身的政之说道："那纸……"

封口的纸取下后，此刻政之仍将它拿在手中。

"这纸怎么了？"

"可否将它交给晴明？"

"可以，可以。"

政之将纸交给晴明，没有过问其中的缘由，然后便退下了，去准备待会儿出门的事宜。

政之还没走远，晴明便说："请准备笔墨。"

"要做什么？"忠季问。

"我想还是先将此事告知忘欢大人为宜。"

"告知？"

"是。"

晴明一边说着，一边将手中的纸折成鸟的形状。折完时，笔墨已经备好。

晴明手中执笔,笔尖蘸墨,在折好的小鸟上开始书写。

"晴明,你在写什么?"博雅问。

"在说明事情的经过呢——为了告知忘欢大人。"

晴明左手拿着写有文字的纸,轻轻吹了口气,那小鸟便轻盈地向空中飞去。

不知是乘风而行,还是借助了其他力量,那纸鸟高高飞起,朝南方飘去。

"这是要飞到哪里去?"博雅问。

"飞去忘欢大人处。"

"真的?"

"如果那是忘欢大人亲自写下咒语的纸,想来自然会回到他身边。"

晴明话音未落,政之便赶回来了,俯首说道:"晴明大人,随时可以出发。"

四

轱辘、轱辘,牛车在平安京的大路上朝西前行。

"唉,晴明啊。"牛车中,博雅说道。

"怎么了?"

"你多少已经明白其中的缘由了吧?"

"多少知道一些。"

"那你就告诉我嘛,晴明。那罐子中装着的究竟是什么?"

"说不得。"

"又来了。"

"我是想到了一些事。但如果把尚未明确的事说出口来,有了差池的话,你又要数落我了。"

"我可不说你。"

"你会说我。"

"不明确也无妨,以或许有误为前提,你把想到的事告诉我不就行了嘛。"

"博雅啊,我是想到了一些事情,所以现在正往猪介家去。不过究竟是什么,我还无法确定。"

"唔……"

"去了就会明白的,这样不好吗?"

"唔……"博雅不满地应答道。不过晴明只是说:

"到时候就会明白的。"

不久以后,牛车停了下来。

"从这里开始,须得徒步前行。"

外头传来了政之的声音。

五

"就是这里。"

政之走在前面,领着诸人在草丛中前进。

细小的道路两侧的草沙沙地摩擦着衣摆。

这是一条一个人走才能勉强不踩到草地的小径,左边流淌着天神川,橡木和栎木等杂木生长在两岸。

政之身后跟着晴明,晴明身后则是博雅。两位随从紧跟在他们后面。其中一位背着那只罐子。

在前行途中,传来了不知是人的哭泣还是野兽嘶吼的声音。

哇啊……

哇啊……

越往前走,那声音越响亮。

嗷哇啊……

嗷哇啊……

"喂，晴明，这声音是什么呢？"博雅问。

"不知道。"晴明只是简短地回答。

"马上就到了。"

政之说话时，前方有个人拨开草向这边跑来，那是个穿着陈旧而粗糙的小袖的男子。

"政之、政之大人……"

奔来的男子站在那里大声叫道。

"这不是猪介吗？"政之也停下了脚步。

"您怎、怎么到这里来了?!"猪介的声音与眼神里都带着畏惧，看着背着罐子从后方走来的人。

"果然还是被发现了吗？"

而后，他颓然地跪在地上。

猪介身后，走过来一个惶恐不安的女人，站在了他的身旁。

女子的眼神比猪介的更加恐慌，她看着晴明，用颤抖的声音说道："太可怕了……要知道是那样吓人的东西……"

女子也跪在了猪介身旁，双手合十。

"求您了，还请救救我们。"

"这是我妻子……"猪介双手撑在草中，说道，"小人该死，是小人从那罐子里带走婴孩的。"说完将头抵在地上。

"你家中有孩子夭折了，是吗？"晴明问。

"是的，大约半年前，上天赐给我一个男孩，可在一个月前因病夭折了……"

"于是，你打开了那罐子？"

"是的。被关在那样的罐子里，孩子也太可怜了。所以我想挖出罐子，把那婴儿当成自己的孩子来养。于是我们半夜里挖出罐子，抱出孩子，再把罐子埋了回去。"

猪介说话时，仍然能听见"嗷哇啊……""嗷哇啊……"的声音。

"除了长着尾巴，那婴儿其他地方和普通孩子一样。我本来想好好抚养他的，不想事情竟然会变成那样……"

"就是这个声音吧？"晴明说。

"是的。"猪介点点头。

"我把他带回了家，可那婴儿不吃不喝，却每天在长大……"

猪介与妻子眼里尽是恐惧，回头向后看去。

"今天，我们实在是害怕得没办法了，想要逃走，那东西却……"

"怎么了？"

"它想爬到外面。我们受不了了，就跑了出来，在这里遇到了政之大人。"猪介的眼里涌出泪水。

"总之，我们先去看看吧。"晴明催促政之和博雅。

一行人再次往前走去，猪介和妻子也跟在后面。

越往前走，那个声音变得越响亮。

嗷喵……

嗷喵……

嗷喵……

走在前面的政之停下脚步。

"晴、晴明大人，那是……"

政之不禁开始往后退缩。晴明和博雅从政之身后向那边望去。

"这是……"

博雅震惊地提高了声音，屏住呼吸。

在前方的河岸边，有一座房子，那是一处用低矮的篱笆围住的小屋。

此刻，从屋子的窗户和柱子之间伸出了手脚。而正面的门口处，露出一张巨大的婴儿的脸。

那婴孩"嗷喵"、"嗷喵"地大声哭泣。

屋子的每条缝隙中都露出了婴儿雪白的肉。

看来是婴儿长到了屋子般大小,现在正想爬到外面去,真是一幕怪异的光景。

如树干一般粗细的虎尾从地板下伸出来,啪啪地拍着草地。

"比起我刚刚离开时,他又大了一圈。"猪介说。

"必须立即制止他。"晴明说。

"能办到吗,晴明?!"博雅说。

"能。"晴明望向后方呆若木鸡的随从,说道,"把那罐子放在这里。"

背上绑着罐子的男人战战兢兢地靠近,将罐子放在晴明脚下。

晴明调整好罐子的位置后,从后面传来了声音。

"晴明大人,我来吧。"

大家齐刷刷地回头,只见那里站着一位鹤发白髯、衣衫褴褛的老者。

"忘欢大人,您怎么来了?"政之说。

"是我请来的。"晴明说。

"晴明大人特地唤我来,实在是惶恐。"

那位老者——忘欢将右手拿着的纸鸟给晴明过目,然后缓缓上前,说道:

"换我来吧,晴明大人。"

"若是我来,泰逢可能就消失了。"晴明从罐子边退后了一步。

"不愧是晴明大人,已经察觉那是泰逢了。"忘欢说着站到了罐子前。

看着那啪啪拍打着草地的虎尾,忘欢走到近前,用双手抱住那如大蛇般舞动的尾巴前端。

那尾巴仍然想甩动,忘欢却抓着尾巴走到了罐子前,将尾巴的前端塞入了罐子里。

于是，本来动个不停的尾巴骤然停止了动静。

忘欢犹如在轻柔地抚摸尾巴的毛，口中还念着咒。

　　泰逢妄扎努牟休苦
　　努吧休苦牟噫卟诉
　　泰逢妄扎努牟休苦
　　努吧休苦牟噫卟诉

忘欢的声音响起后，原来还在大声哭泣的婴儿忽然安静下来。

　　那啦那卡塔牟色乌拉般
　　那嘛哈吉呀拉西

随着咒语响起，尾巴哧溜哧溜地进入了罐子里。不一会儿，便有一半以上的尾巴进入其中。

从外观来看，只要四分之一的尾巴进了里面，罐子应该就装满了。即便如此，尾巴仍然在哧溜哧溜地往罐子里钻。

终于，那根尾巴完全进入了罐子。

被尾巴拉扯着，婴孩臀部的肉被扯得细细的，碰到了罐子口。

随后，忘欢从怀里取出小刀，咬着刀鞘拔出刀子，从尾巴根那儿利落地切了下去，接着将右手中的刀插回鞘中，放进怀里。

紧接着，忘欢把右手伸进怀里，取出一张纸。

不知是不是一开始就写好了，只见纸上写着这样的字：

　　形不变
　　形不变

忘欢抚过那文字,静静地念着咒语。

　　形不变
　　形不变

咒语念完之后,忘欢说:
"已经了结了。"
他的话音刚落,那填满整个屋子的婴儿犹如花朵枯萎一般,变得小而单薄。
透过婴儿的脸和身体,似乎能看见那一侧的景象。不久后,婴儿就如同烟雾扩散开去一般,静静消失了。
"消失了……"博雅说话时,已经看不见婴儿了。
"泰逢的真身是这尾巴吧?"晴明说。
"正如您所言。"忘欢点点头。
"据《山海经》记载,泰逢长着虎尾,状如人形,是运转天地之气,并以其为生的神明吧。"
"您早已经一清二楚了吗?"
"不不,泰逢真身是那条尾巴的事,我也不知道。"
"大约四年前,我在熊野山中发现了它,一开始的确难以相信,不过这确实是泰逢无疑。"
"那时它应该还十分幼小……"
"在成为真的神明之前,恐怕还需要数千年吧。"
"大约是吧。"
"因为它吸食天地之气,我便将它装入罐子,让它四处吸食恶气,换取金子,不想……"
"在忠季大人的府上,罐子被打开,泰逢也被偷走了。"

"正是。平时我进入山中放出恶气,再埋下罐子,这次却失策了。"

"是啊。"

"因为一直在吸食恶气,它变得贪得无厌,把这一带所有的气,不分好坏都一并吸食了,所以才变成那副模样。要是放任不管,恐怕会变成占据此地的恶鬼。"

"接下来,您想怎么做呢?"

"已经足以为戒了。我将终其一生,将它养育成良神,然后再放它回到山川中。"

"这样才好。"

两人正说着,政之插话道:"晴明大人……"

"其实,我现在还不明白这里到底发生了什么,希望事后您再告诉我。可是照刚才所说的看来,忘欢大人不再将这罐子埋回忠季大人宅邸了,是吗?"

"看来是如此。"

"那、那府中祸事该……"

"让晴明我写一些可用的咒符,想来足以趋避祸事了。"

晴明说完,政之像安下心一般说:"那就劳烦晴明大人了。"

六

"不过,晴明,你连这个也知道啊。"

开口说话的是博雅。这是在晴明宅邸的外廊上。

从猪介那里回来后,晴明与博雅开始饮酒。

已是夜间。庭院的草丛中,秋虫鸣声不止。

"什么?"晴明一边往嘴边送着酒,一边说道。

"就是那个罐子里的婴儿,那个……"

"泰逢吗?"

"对对，就是那叫泰逢的东西，你知道得可真清楚啊。"

"哪里，我可不是一下子就明白的，是想到了应该是与气相关的何方神明。知道是泰逢，是在听说那虎尾之后。"

"是在《山海经》里出现的？"

"嗯。"

"不过，你竟然能记住在书里读到过这些。"

"多多少少吧。"

"晴明啊，仔细想来，可能你也像泰逢一样。"

"哪里？"晴明将杯中的酒一口饮尽，说道。

"泰逢若是啖食气，那你也是一直在啖食这样的东西吧。"

"这样的东西？"

"就是咒啊，《山海经》里写的东西啊，书啊，类似这样的东西。你如果不一直吸取这些，就无法存活了吧。"

"博雅啊，就算是如此，于我而言，若要存活，还需要一样东西。"

"是什么？"

"就是你啊，博雅。"

晴明瞄了博雅一眼，红唇微微一笑。

"突然来这样一句，你这是在说什么啊，晴明……"

博雅有些慌乱。

似乎是为了掩饰，他一口气喝完了酒。

"有时候，要是看不到你这样的表情，我可真是了无生趣……"晴明说。

"傻气。"

博雅说着，将还握在手中的酒杯靠近嘴边，一喝，才发现里面的酒已经空了。

"真是个好男人，博雅。"晴明说着，莞尔一笑。

器

一

庭院中的樱花刚刚开放。

还有许多花朵含苞待放。当下枝头已三三两两地开着花。

蝉丸所奏的琵琶声，在明月的光辉中袅袅回荡。

琵琶的声音触及每一朵花苞，花苞便如同吸收了乐声，又饱满了一些。

这是位于土御门大路上的安倍晴明宅邸。外廊上，晴明、源博雅、蝉丸三人席地而坐。

蝉丸是盲眼的琵琶法师，在逢坂山上筑屋而居，今夜信步前来造访晴明宅邸。

日暮时分，此前约好一起饮酒的博雅来了，于是三人共饮。

蝉丸弹奏琵琶，晴明与博雅聆听着乐声对饮。式神蜜夜为三人的空酒杯斟酒，若酒没了，再从屋里取来。

这样的情形已经持续了一刻钟。

"如此良宵……"

博雅饮尽杯中酒，将空酒杯放下，说道。

"我说,晴明啊,一边聆听蝉丸大人的琵琶,一边在樱花树下品尝如从天而降的甘露般的美酒,可真是奢侈至极啊。"

本来这话就如同自言自语,并非希望晴明有所应答。

似乎是知道这一点,晴明既不询问,也没有点头,只是以嘴角的笑意回应,眼睛注视着博雅。

"确实是良宵啊。"

蝉丸停下了弹奏琵琶的手,说道。

"我虽目不能视,但听见博雅大人的话语,就仿佛看见了庭院里的樱花。"

风微微有些冷,但不是冬日那种寒冷刺骨的感觉。虽然有些凉,却能感受到某种暖意。在这夜色中,甚至能闻到将要绽放的樱花若有若无的香气。

"是不是有些太喧闹了?"

"哪里。博雅大人赐予了失明的我一双明目,这是我的荣幸……"

蜜夜往蝉丸膝盖前的酒杯里斟酒。

因为知道酒杯在何处,蝉丸的举动似乎不像失明之人,他将手伸向酒杯,举杯而饮。

"确实是佳酿。"蝉丸说。

"博雅啊……"晴明喃喃道。

"怎么了,晴明?"

"你作为容器,确实是盛了好东西啊。"

"你在说什么?"

"就像良器之内注入美酒一般,你这容器里,可是注入了好东西,而就是这好东西,丰富了你这个容器。"

"你好像是在夸我,可你究竟在说什么,我可真是一头雾水。"

"说说咒的事可好?"

"别,咒还是别说了。你要说起咒,我可连明白的事都会变得糊涂起来。"

"那，我就用别的来比喻吧。"

"嗯。"

"比如，语言这东西是用来承载心的容器。"

"什么?!"

"樱这个词也是如此。"

晴明将视线移到庭院里的樱树上。不知是不是错觉，樱花的花苞似乎比此前更饱满了。

"有了樱这个词，那挺拔的树的姿态、含苞待放的花朵、飘零的花瓣——所有涌上心头的樱花的形象才能都装在这个词里。"

"唔……"

"从某种意义上来说，这世间之物都可以称为容器。不，准确地说，人认识的所有事物，都是在器和器所承载之物的关系的基础上成立的。"

"唔唔……"

"看见樱花的花蕾，你心里因此涌起许多情感。假如将其命名为'爱怜'，那么这种情绪就被装进了'爱怜'这个词中。"

"唔唔唔……"

"悲伤也好，喜悦也罢，被装进容器之后，我们才领会了这样的情绪。"

"唔唔唔唔……"

"源博雅这一存在也是处于这样的关系中，因此才存在于这世间。"

"我也是？"

"你这血肉之躯，就是承载源博雅这一事物的容器。"

"不过，晴明啊，这个世间，是不是也有容器无法容纳，语言无法承载的事物呢？"

"有吧。"

"这样的话,会如何呢?遇见了这样的事物,人该怎么做才好?"

"所以啊,人们会在这样的时候咏歌。"

"歌?!"

"要是源博雅的话,不是诗歌也可以,吹笛子就行了吧。将无法诉诸语言的东西倾注在笛声中就可以吧。"

"也、也就是说,晴明啊,这时的笛音从某种意义而言就相当于语言?"

"正是如此。"

"我还是似懂非懂,觉得像被你骗了一样,有种莫名其妙的感觉。"晴明说完后,博雅叹了口气。

这时,不知从何处传来了不可思议的声响。

嗷哇啊……

嗷哇啊……

那犹如人的哭泣声,又仿佛是野兽在远处吠叫的声音,但仔细一听又不是。

嗷哇啊……

嗷哇啊……

那声音从黑暗的那头慢慢向此处靠近。

呜嗷……

呜嗷……

那声音似乎是在哭喊,又似乎像痛苦的呻吟,仿佛在忍受某种苦痛。

从黑暗的那头,声音在靠近,穿过了晴明宅邸的土墙那边。

呜嗷……

呜嗷……

这回,那渐渐靠近的声音又逐渐远去了。

"那是劝进坊吧……"博雅低声说道。

"劝进坊？"

"你不知道吗,晴明？"

"嗯,不知道。"

"最近有个男子总在都城的大街小巷中一边哭泣一边行走。"博雅说。

那个男子头发长而蓬乱,散在肩膀上。整张脸被头发遮盖,只有眼睛散发着异样的亮光。

他的年龄无从得知,面貌也无法窥见。所穿衣物褴褛破旧,看起来许久不曾洗过。看他这副模样,即使横尸路旁也不足为奇,但或许是因为有人施舍食物,才得以保命,常在都城徘徊。

"是疯了吧？"大家议论纷纷。

有人上前搭话,他丝毫没有反应。

他身上奇臭无比。屎尿的气味,污垢和汗水的味道,都渗入了所穿的衣物中。

虽然这个人并没有穿僧袍,但大家听说一个叫劝进的和尚不知为何发疯了,于是不知从什么时候开始,大家便叫他劝进坊了。

"不过,晴明啊,这劝进坊也有不发疯的时候。"

"是吗？"

"是三日前的事,其实我遇到了劝进坊。"

"在哪里？"

"在五条大桥。"

"可是,这五条大桥现在不是不能使用了吗？"

确实如晴明所说。去年秋日发了大水,五条桥被冲毁。中间的几根柱子被冲走,桥的下半段倾斜得厉害,已无法通行。

约十天前,又有一根柱子倒塌了,应该在今年春季就进行修理。

"虽说是五条桥那儿,倒不是过桥,我是在桥附近遇到他的。"

"是吗？"

"虽说坍塌的桥不能走人,不过那副模样也别有一番风情,惹人怜惜。在月色优美的夜晚,我偶尔会去那里吹笛。"

在三天前的夜晚,博雅恰好带着这样的心境去了五条大桥,在桥边吹奏笛子。

待到月出东山,博雅开始吹笛。随着月儿离开山头,四下里越发明亮起来。

在那月光下,博雅吹奏了好一会儿笛子。

嗷嗷……

嗷嗷……

此时,博雅听见了哭声。

本以为那哭声会就此靠近,中途却停止了。

博雅继续吹笛。吹奏了一阵子后,他似乎感受到了某种气息,抬头一看,一个人影在对岸的柳树下伫立着,凝视着这边。

"那就是传说中的劝进坊啊。"

在博雅吹奏笛子时,劝进坊纹丝不动,似乎在侧耳倾听博雅的笛音。

不久后,博雅停止了吹奏,不知何时,劝进坊也消失不见了。

"那可不是发狂吧,晴明……"博雅说,"怎么说呢,如果承受了无尽的悲伤——晴明啊,用你的说法,那悲伤无法被自己这个容器完全容纳,不是就会向外溢吗?那位劝进坊向外溢出的悲伤,在外人看来就如同发狂了。仅此而已,不是吗?"

蝉丸一边倾听着博雅的话语,一边点头,此时忽然说了一句:"确实如此啊。"

"博雅啊,蝉丸大人也是,今日你们两位是为了这件事,才到我这里来吧。"晴明说。

"蝉丸大人也是?"

"的确是这么回事。"

"究竟是怎么一回事呢？若是无妨，可否告诉我？"

"是。"

蝉丸那纤细的脖子略微点了点，开始说起那件事来。

"那恰好发生在三年前的秋天……"

蝉丸被传到一位叫橘诸忠的武士的府上。

二

橘诸忠家住西京，与蝉丸是故交。蝉丸有时会受诸忠之托，前往西京的宅邸弹奏琵琶。

那时蝉丸以为诸忠也是想听琵琶了，才唤他去府上，但其实并非如此。

"其实，我有事想拜托你。"诸忠说道，"我希望你能传授某位女子琵琶技艺。"

听诸忠说来，是这么一回事。

那年的夏日快要结束的时候，诸忠的家门前出现了一位女子。

诸忠因事前往仁和寺，骑马归来时，看见了那个伫立在门前的女人。

她身上褴褛污浊，发髻上未插梳篦，但若是洗净脏污，换上得体的衣衫，想来一定是曼妙可人。

不过，她的眼眸中和脸庞上毫无生气，只是呆呆地伫立在那里，犹如被勾走了魂魄一般。

若是置之不顾倒也罢了，可是诸忠感到奇异，便在马上和她搭话。

"女人，你从哪里来？"

但女子没有回答，只是伫立在那里。

"你从哪里来的？"

他再次询问，女子依旧没有应答。

本想直接进入宅子，可是与她搭话之后，诸忠似乎更加在意那个女子，心头涌起了难以名状的情愫，大概是因为感受到了那女子的自然之美吧。

"你过来。"

诸忠喊住女子，穿门而入。可能是明白他所说的，女子跟在诸忠身后，慢慢地走进了屋子里。

诸忠命令婢女为其沐浴更衣后，果然如他所想一般，是位上等的美人。

可是她依然默不作声，也没有露出安心的表情。

这到底是何方的女子？

虽说诸忠并非对她毫无企图，但也没有明确地打算要对她做什么。现在知道的是，这女子似乎视力不佳，即使能看见东西，也只能勉强辨别明暗而已。

"是眼睛看不见吗？"

听到这样的问题，她既没有点头，也没有摇头。

这女子似乎没有心，就如同没有魂魄的生物一般。

虽有些怪异，但既然让女子进了家中，总不好再将她赶出去。庭院的角落里有个小房间，或说是个庵子，恰好空着，诸忠便让女子住在了那里。

为了避免心怀不轨的男子上门打扰，诸忠命人为她削发，并为她起名为春阳尼。当然也是因为不知道她的名字，着实不便。

诸忠让一个婢女伴在她的左右。

虽然目不可视，但习惯后，她也能在庵子和宅邸里独自走动了，也开始自行进食，自行收拾。

可是，她仿佛依旧没有心。

不知是不是失去了声音，她也不会说话。

耳朵似乎能听见，也大致能理解旁人所说，但置之不顾的话，她便一整日都没有动静，只是坐在那里，或是伫立在那里。

怎么就让这样的女子住进家里了呢？

确实毫无道理，但看着心智不全的春阳尼，也着实觉得可怜可悲。

此时，诸忠想起了蝉丸。

眼睛看不见东西，而耳朵还可以听到声音，这样的话，让蝉丸传授她琵琶技艺如何呢？

于是，蝉丸被诸忠叫到家中。

"无妨。"蝉丸接受了诸忠的请求，开始教授春阳尼琵琶。

同为盲目之人，想来蝉丸也为之动容了。

在传授琵琶前，蝉丸首先让她听了琵琶的声音。

在春阳尼面前，蝉丸弹奏起了琵琶。

那是从唐国传来的秘曲《流泉》，是一首哀婉的曲子，将时间的流逝比作流水，道出了人生的无常。

这时，发生了令人震惊的事。

蝉丸正在弹奏《流泉》，不想春阳尼的眼眸里竟溢出了泪水。

自然，蝉丸是看不见那泪水的，不过从周围人的反应听来，蝉丸也明白了。

"这是怎么了？春阳尼啊，你为何哭泣？"

在场的诸忠问道，却依然没有回答。

只是那豆大的泪珠连连涌出，沿着春阳尼的脸颊往下流。虽不知春阳尼为何会流泪，但看来只有在聆听蝉丸的琵琶弹奏时，她才会恢复心智。

从那天起，蝉丸就开始教授春阳尼琵琶。

并非每日教授，他每个月来几次，从抱琵琶的方式和弹奏的方式开始教。每次来访都会住在诸忠家中，少则三日，多则七日。

若是蝉丸到来，诸忠也因为能听到蝉丸的琵琶而高兴。

蝉丸手把手地传授方法，春阳尼学得也快。三个月便可以弹奏简单的曲目,一年下来已经弹得相当好,两年后已经达到无需再教的程度。

第三年,蝉丸也只是偶尔露露面了。

只要春阳尼在,即使蝉丸不在,也随时能听到琵琶。对诸忠而言,春阳尼技艺如此精湛,着实是意想不到的惊喜。

不过,春阳尼依旧不会出声,除了弹奏琵琶,其余时间依然如发呆一般待着。

某日,蝉丸被唤到诸忠府上。

到了府中,诸忠说道:"发生了一件让人想不到的事啊。"

昨日,一直不曾有过只言片语的春阳尼忽然开口说话了。

清晨,春阳尼来到诸忠的主屋,开口说道:

"可否请蝉丸大人前来?"

"哦,怎么回事?春阳尼啊,你怎么能说话了?"

诸忠问道,可春阳尼并没有回答,只是反复说着:"可否请蝉丸大人前来?"

于是,蝉丸就来到了诸忠府上。

不管如何,蝉丸先见了春阳尼。见面的地方是春阳尼居住的庵子。

蝉丸与诸忠一同面朝春阳尼而坐。

蝉丸与春阳尼对坐着,细心倾听。

他与春阳尼都目不能视,只能感受到对方的气息、身躯散发的热度,以及呼吸。

"蝉丸大人,承蒙您传授琵琶,感激不尽。"

先是传来了春阳尼的话,那声音通透而平和。

"又承蒙诸忠大人如此悉心照料,实在无法用言语表达我的感激之情。"

比起感激的话语,诸忠更想询问别的事情。

"春阳尼啊,你是从什么时候开始能讲话的?"诸忠问。

"是昨日晨间。"春阳尼回答。

晨间,那便是春阳尼央求唤蝉丸前来的时候。在这之前,春阳尼可以开口说话了。

"你应该想起了许多事吧,你的本名叫什么?"

"我有许多事想告知两位大人,也必须告诉两位,可否让我先从十天前察觉到的怪事说起呢?"

"按你想说的说吧。"诸忠说道。

"来了。"春阳尼说。她的声音带着丝丝颤抖,似乎是在隐忍着什么似的。

"来了?是什么来了呢?"

听到那声音,蝉丸知道春阳尼在哭泣。

三

据说一开始是某种气息。

夜里,正在睡梦中的春阳尼感受到了某种气息。

一开始,她以为是平时照顾自己的婢女。可是,婢女总会在傍晚便退下,回到寝室。

应该没有人在那儿啊。可是,却明明能感受到那气息。

春阳尼只知道那不是婢女,也不是诸忠。那究竟是谁呢?

她思忖着,并仔细感受着那种气息。

那与明确地传入耳中的声音不同,是无声的声音。它并非传入耳中,而是传入心间——而且,那是孩子的哭泣声。

"我虽然听不见,却能明白那哭泣声就是孩子的哭声……"春阳尼说。

她从床上坐起,那气息渐渐靠近,忽然贴上了她。

身体瘦小,手足纤细,果然是个孩子。

那孩子身上冷到让人战栗，没有人该有的体温，而且似乎湿漉漉的。

但春阳尼一点也不觉得害怕。她知道，这孩子没有害人之心。不如说比起害怕，更有一种怜爱之情涌上心头。

那是一种怜惜、疼爱、无法自抑的感觉。那冰冷的身体尤其让人心生怜意。

可是，为什么这孩子的身体像湿透了一般冰凉呢？而且这个紧靠着自己的孩子，为什么在无声地哭泣？

春阳尼正要放开抱着孩子的手，想确认他是否真的存在——

"那孩子的气息就消失了。"春阳尼说道。

不知是梦还是真，方才明明还在臂弯中的孩子，此刻却消失不见了。手上只留下孩子身上的寒意，也记得那孩子抓住自己的力度，可是孩子的气息确实消失了，不禁让人感到如同梦一般，甚至都无法确定自己本身是否真的存在。

仔细想来，连自己原本来自哪里，是什么人，名字叫什么都无从得知。

只记得自己被带到这府上，但即使是这段记忆，若要仔细回想，细节也十分模糊。现在连自己身上发生了什么都不知道。

一开始，她对婢女和诸忠都没有说出孩子的事情。

本来只记得模糊不清的部分，如果别人问到发生了什么，即使仔细思索，也无法清晰地述说。

可是——

"第二个晚上，孩子又来了。"

不仅是第二晚，第三晚，第四晚，那个孩子都来了，而且总是在同一个时间出现。

夜里，春阳尼感受到了那气息，然后醒来。

孩子在哭泣，春阳尼若是起身，孩子便会贴到她身上，那身体如同湿了一般冰冷。而且不知何时,孩子便会消失不见。

这样的事一直持续着,到了第十日的夜晚。

果然如往常一样,孩子又来了。

春阳尼想,若是不松开抱着孩子的手,那孩子便不会离开了,于是一直紧紧地抱着他。可是到了天明时分,只是稍稍松了一点力气,孩子便消失在怀里了。她不禁发出了声音:

"你是谁?别走,你到底希望我做什么?"

春阳尼为自己的声音感到震惊,此前的记忆忽然鲜明起来。

虽说是此前的记忆,也只是进入这府中后发生的事。更早的时候身在何处,曾做过什么,包括自己的名字,依然想不起来。

她觉得,若能知道那孩子是谁,或许就能想起自己的过去和名字了。

"于是才央求您请蝉丸大人前来。"春阳尼说。

"为何叫我?"蝉丸问。

"以前,您传授我那首秘曲时,曾谈起过安倍晴明大人的事。"春阳尼说,"您曾说,这首曲子是多年前在罗城门上,一个从天竺而来、名为汉多太的鬼用琵琶玄象弹奏的。那时晴明大人与博雅大人合力,才让鬼放下戒备,使琵琶玄象回到了主上手中……"

"确实,我曾讲过。"

虽不知春阳尼是否能听懂,但教授琵琶时,蝉丸确实说过这件事。现在才知道,原来春阳尼理解了这些话。

"于是呢?"蝉丸问。

"于是我想,此番若能得到安倍晴明大人相助,就再好不过了。"

"所以才叫我来,对吧?"

"是。为了请蝉丸大人向晴明大人求助,才斗胆让诸忠大人请您前来。"

四

"正与晴明大人说明此事前因后果的时候,博雅大人恰好也来了。"蝉丸结束了漫长的叙述,最后补充道。

"就是这样了,博雅。"晴明说。

"嗯……"博雅犹如明白了什么似的,应了一声。

晴明向博雅问道:"所以,打算怎么做呢?"

"什么怎么做?"

"去吗?"

"去?"

"你若无妨,我想今晚前去橘诸忠大人府上。现在出发,应该能在那童怪出现前到达。"

"嗯、嗯。"

"怎么样,去吗?"

"嗯。"

"走吧。"

"走吧。"

事情便这样定下来了。

五

晴明与博雅以及蝉丸藏在帘布后面,安静地呼吸。

就在对面,春阳尼正在榻上休憩。虽然听不见翻身的动静,但大家知道她没有真的睡着。

所有人都静静地等待童怪的到来。

庭院里,月光倾泻而下。在黑黢黢的暗影中,依稀能看见春阳尼的身体微微隆起。

晴明在帘布周围布下了结界，只要不发出声音，就算鬼怪来了也不会察觉。

"可是，晴明啊，真的会来吗？"博雅小声问道。

"会来的。"

这十日，每夜都会到来，总不至于只有今夜不来。

"那来的如果不是春阳尼所说的孩童，而是其他吓人之物，该怎么办呀？"

可能是心性不善的东西欺骗了目不能视的春阳尼，装作孩童靠近她。博雅说的是这个意思。

"等到那时再考虑。"晴明的回答简短而冷淡。

这时，蝉丸突然说："似乎有什么来了。"

众人屏气凝息，外廊上忽地出现了一个发着绿光的东西。

看不出具体的形状，不过恰如孩童大小。青色的月光下，它看起来有些像人形。

仔细一看，它似乎在左右摇晃，或是前后晃动。

它一边摇晃一边靠近，恰好在春阳尼的枕边止步了。只是那身体依然在晃动，似乎是在一边摇摆一边俯视着春阳尼。

此时，春阳尼从床上坐了起来。

那如孩子一般大小、在朦胧地发光的东西，似乎向前伸出了手。它右手中握着什么，好像是一根细长的棒子。

看到那东西，博雅"啊"的一声，轻轻地叫出声来。

那一瞬间，那发光的东西停止了动作，然后呼地消失了。

"啊，等等——"春阳尼喊道，大概是凭借气息知道对方已经消失了。

晴明首先从帘后走出，博雅与蝉丸紧随其后。

"哎呀，真对不住，晴明。我情不自禁就发出声音了。"博雅说。

不过，晴明仿佛没有听到他的话，只是望着方才发光之物所在的地方。

"怎么样了?"

似乎是察觉到了什么,诸忠与两个下人拿着灯台一同从主屋过来了。

这时,晴明单膝触地,用右手触碰方才发光之物站立的地面。

"像湿透了一般冰冷……"他喃喃道。

晴明将手抵在地上,口中小声念咒,然后抬起右手,用食指触碰地面。

"呔!"

晴明的食指一触及那里,地上便有一个圆形的水痕晕染开来。如同方才那儿站的东西散发的光芒一样,那环形呈现青白色。

看来是那发光的东西在滴水,形成了水痕。

"噢……"博雅不禁叫道。

从地板到外廊,从外廊到庭院,那发光的痕迹在一点点地延续。

看起来是那东西一边走,一边留下了汗水或水珠一类的液体。

从庭院到门外,那痕迹一直在延续着。

"我们跟在他后面吧。"晴明说着站起来。

六

那痕迹沿着夜晚的京城大路,断断续续地向东边延伸。

晴明紧跟在后面,接着是博雅、蝉丸、春阳尼、诸忠及两个下人。诸忠牵着目不可视的春阳尼。

一行人沿着痕迹走去,不久后就到达了鸭川的岸边。顺着岸边南下,那痕迹在五条大桥处进入了河中。

在河滩的石头上,散落着点点痕迹。

"是河啊。"博雅喃喃道。

那痕迹竟然消失在了鸭川的岸边。先不说那发光物究竟是什么，看来它应该是藏在了河水中。

河流的水声在黑夜中回荡。月光在河面上闪烁。

能看见不远处的下游，那座中部坍塌、有一半浸入水中的五条大桥的影子。

"这是怎么回事呢？"诸忠像呻吟般说道。

晴明寻找着那消失于河川的发光物的踪迹，说："看起来虽像水的痕迹，其实并非是水，应该还是有办法的。"

说着，他便在岸上弯下腰，右手伸进了河水里，再次小声念咒，而后抽出手，用手掌"啪"的一下拍击水面。

顷刻间，便看见水面上，一点一点的发光物如水滴的痕迹一般在延续。

"喵！"诸忠提高了声音叫道。

那痕迹向着坍塌的桥中央——约十日前倒下的那根柱子的底部延伸过去。

"在那儿有只小舟。"晴明说。

只见一条船正系在岸边的缆桩上。

"可否有谁乘船到那柱子附近看看？"

诸忠随即命令两个下人驾船前去查看。

一人撑杆驾船，一人站在船头观察水中情形，向前驶去，在那柱子边停下了船。

"这里好像有什么浸在水里，正在晃动。"蹲在船头向水中望去的男人说。

"可否把它捞出来，送到这里？"晴明说。

"我等尽力。"男人应了一声，从船上下了水，那水深及胸口。

不久，潜入水中的男人再次露出了脸。

"好、好像是个孩子的尸体。"他用近乎悲鸣的声音叫道。

两人将东西拖上船,送到了晴明等人所在的岸边,横放在河滩的石头上。

那确实是一具已化为白骨的孩子的尸首,看上去大约五六岁的模样。

那尸体沐浴在月光下,身上散发着绿光。

"小、小笛!"这时,春阳尼大喊。

"什么?小笛是……"诸忠说。

"这是我的孩子,是小笛。"

春阳尼大喊着,走到那尸体身边。

仔细一看,尸体上缠绕着水藻,水藻一直蔓延到了孩子的口中。

"啊,啊,你很冷吧,冻坏了吧。水藻这样堵在嘴里,你想要求救,想叫母亲的名字也叫不出吧……"

春阳尼一边哭泣,一边将孩子口中的水藻掏了出来。

"是想起来了吧。"诸忠说。

"都想起来了……"春阳尼说。

"我名叫红音,家住丹波,是丹波青人的妻子。三年前,为了许愿,我与丈夫青人、孩子小笛一同前往伊势大神处参拜。归途中在鸭川河滩休息时,在河里嬉戏的小笛被河水冲走了。"

因为数天前的降雨,河水比往日涨了许多。丈夫青人匆忙跳入河中想救小笛,可二人都被河水卷走了……

"他们就这样在我面前消失了身影。"

春阳尼一面哭喊一面向下游走去。

"我能记得的,就是这些了。"

同时失去了孩子和丈夫,春阳尼悲伤不已,所以失去了心智。

本来就不好的眼睛,自那以来几乎看不见了。她在都城四处游荡,最后站在了诸忠的宅邸前。

"那时祈求的愿望是……"博雅说。

"是为了祈求我的眼睛能好起来……"春阳尼答道。

"眼睛现在是不是能看得见了?"晴明说,"方才你说小笛口中有水藻,还取了出来。"

"啊——"众人都喊了出来。

确实,春阳尼走上前靠在尸体身边时,便已经能看见小笛的身形了。

"三年前,小笛被那桥柱挡住,又被冲到此处的石头等东西遮盖。大约是因为这次的大水,桥身坍塌了,才让他的身体显现出来……"诸忠喃喃道。

"说起十天前,就是那孩子走到春阳尼住处的时候……"

"十天前恰好那柱子坍塌,根部露了出来,岩石下的尸身便浮出了水面。"晴明说。

"晴明,那个……"

往博雅所指方向看去,小笛右手中正握着一根细细长长的东西。

"是笛子……"

"之前我看见这孩子走来,忍不住出了声,就是因为看到了这笛子。"博雅说。

"这孩子记事起便喜欢笛子,总是开心地吹着我丈夫用竹子做的笛子,所以我们才叫他小笛……"

听春阳尼所言,尸体所握的就是那支笛子。

春阳尼再度哭泣不止。

博雅从怀里取出叶二,抵在唇上吹奏起来。

笛音飘荡在鸭川的潺潺水声之上,那缥缈的笛声犹如溶入了月光中。

这时,不知从何处传来了"嗷……""嗷……"的声音。

是那劝进坊的哭声,那声音渐渐靠近。

随着哭声,堤坝上出现了一个人影。如同被笛声邀请一般,那人影下了堤坝,走在河滩的石头上,慢慢地向这边靠近。

那身影的确是那劝进坊。可是走到众人面前时,他停止了哭喊。

他站在岸边,双眼放光,低头看着春阳尼与小笛。

忽然,劝进坊的眼中流出了泪水。

"红音,红音,是你吗?"他大声说道。

"啊,青人。"

"红音。"

劝进坊向春阳尼伸出手,春阳尼如同要抢夺什么一般,用双手紧紧握住那双手,激动地恸哭起来。

七

午后的阳光下,庭院中的樱花开始静静地飘散。

望着那景象,晴明与博雅一起喝着酒。

"自那之后,已过了半个月啊……"博雅喃喃道。

丹波青人被水流冲到了下游,被岸边的岩石挡住,而后苏醒过来。当时他几乎无法动弹,等到身体可以动了,才开始寻找红音与小笛,但怎么找也找不到二人的下落,他便以为妻儿都已经遭难。

青人因为承受不了失去妻儿的悲伤,才变得像发了狂一般。

当两人再次相遇时,他也终于恢复了心智。

青人和红音吊唁了儿子之后,在大约三天前回到了丹波。

"诸忠大人可就孤寂了吧。"晴明说。

"想来诸忠大人是仰慕着那春阳尼呢。"

"还是不想为好……"

"嗯。"博雅点点头,又再次开口,"唉,晴明啊。"

"怎么了,博雅?"

"因为太悲伤,人被那悲伤填满,心就会不知去向吗?"

"嗯。"

这次是晴明点点头。

"人这个容器,如果被过多的悲伤填满,心就会无处安放了……"

"想吹笛子了……"博雅喃喃道。

"我也想听听你的笛声。"

博雅开始吹起了叶二。

在那笛声中,樱花花瓣纷纷飘落。

伪菩萨

一

"我来迎接了。"

据说夜深时分,藤原家盛在床上听见有个声音这样说。

确实是听见了,可当时家盛还在睡梦中,无法分辨那究竟是梦中的声音,还是真实的声音。

"啊,可真是出落得标志极了。我许久以来的等候也算值得了。"

又听见了同样的声音,家盛终于从睡梦中醒来。

嗡……嗡……嗡……

耳边回响着幽幽的低沉的声音。

在黑暗中,有无数闪闪发光的东西在舞动,散发着点点金光。

金色,银色,它们竞相闪烁着不同颜色的光。

那不是一只两只,也不是十只二十只,数量可能更多。

"你说迎接?"

"是的。"

"迎接谁?"

"迎接那智小姐。"

那智是实盛的女儿,今年正好十四岁。

"你说什么?!"

此时,家盛终于从床上坐起身来。

那不是梦。在枕边的黑暗中,有一个身着黑色水干、头戴折乌帽的老人,如同蹲着一般坐在地上。

那是个矮胖如岩石般的老人,只有一双大眼向外突出,用锐利的眼神注视着家盛。

"你、你是谁……"

"我是你拜过的菩萨。"

"菩、菩萨?"

"正是。"老人点头。

那老人周围浮动着无数豆粒大小、散发着金色光芒的东西。

嗡……嗡……嗡……

它们一边飞舞,一边发出这样的声音。

仔细一看这些小东西,竟然都是菩萨。这些小菩萨乘坐在一朵朵小小的云上,围绕在老人的四周飞舞。

"家盛大人,五年前我曾与您说,想要那智小姐。不过那时您说那智还小,让我五年后再来。今年恰好是第五年。"

五年前,那智还只有九岁。

"我艰难地活到现在,也不得不去那个世界了。看,这些东西正在我周围飞舞。这就是征兆。"老人看向自己四周乘云而飞的东西。

嗡……嗡……

那是无数发着金色和银色光芒的小佛陀。

"总之,我只剩几日的生命了。今天如果您无法兑现诺言,可是会有祸事上身的……"

听到这些,家盛终于想起了五年前发生的事。

二

"想起了什么？"

喝完杯中的酒，安倍晴明问道。

在晴明宅邸的外廊上，晴明和博雅相对而坐，正在饮酒。

正是夜里，浓郁的紫藤花香气溶在夜色中。

式神蜜虫手执酒瓶，正往已经空了的酒杯中斟酒。

月光中，缠绕在松树上的紫藤垂着几串繁盛绵密的花。蜜虫的身体和吐息也散发着与那紫藤花一样甜蜜的香气。

"就是五年前的那件事啊——"博雅将手中的酒杯往嘴边送，而后一口饮尽。

"怎么一回事？"

"就是这么一回事。"博雅放下酒杯，开始说起那件事来。

五年前，藤原家盛从朝廷受封了一块土地。

那土地位于东市的东边，面朝西洞院大路，是一片荒地。家盛雇人将土地整理了一番，然后建了宅邸。

荒地上本来有个池子，将那池子填埋了一半，留下一半。

在各种迁居的仪式结束后，家盛马上搬进了宅邸，家中却发生了怪事。

宅子里经常出现各种蛇。像虎斑游蛇、蝮蛇、锦蛇等，各式各样的蛇在宅子里游走。家盛睡觉的时候，蛇还从他的脸上爬过。

据说夜里，感到有冰凉的东西在脸上爬，家盛想也不想便伸手去抓，结果抓住了一条粗大的锦蛇。

进出府中的女人，还有人被蝮蛇咬伤丢了性命。

每每发现蛇，总会将其捕杀，扔到府外，却丝毫不见有减少的迹象。

"家盛的宅邸中有怪物作祟。"

"是蛇屋吧。"

人们听说了家盛府上的情形,在背后议论纷纷。

即使是白日里,也有锦蛇突然从头顶的梁上掉下来,甚至都无法在府中自由地走动了。

家盛有个九岁的女儿,名字叫那智。在那智周围的蛇尤其多,那情形真是危险至极。

恰好在那剩下一半的池子边,有个小观音堂,供着一尊约三寸大小的观音菩萨像。

那里有一块巨大的岩石,一半浸在池子里,一半留在岸上,观音堂正是建在那巨岩边。

虽是个老旧的观音堂,但也能为观音像遮雨,因此只是修理了一下,基本照旧保留下来。

家盛从叡山请来和尚,请他在观音堂前祈求,让菩萨平息蛇乱。

结果那一夜,家盛的梦中出现了一位男子。

这位男子身穿黑色水干,头戴折乌帽,像矮矮胖胖的石头一般。

"家盛大人,你托人向我祈祷了吧。"他开口说道。

"您是……"

"是那观音堂的主人。"

"那您就是观音菩萨吗?"

"就算是吧。你拜托的事,就是那闹心的蛇,我倒是能帮你解决。"

"您说的是真的吗?"

"关于这一点,我要和你做一个约定。"

"您说。"

"事成之后,也就是蛇乱解决后的清晨,我要一份谢礼。"

"是钱吗?"

"不,我可用不上钱。"他说得极为自然。

"那您希望要什么呢?"

"你有个女儿,是叫那智吧。让那女孩来做我的妻子吧。"

"可是,她不过才九岁啊。"

"那我等就是了。要等多久才可以?"

"再过五年,她便十四岁了。那等到十四岁的时候可好?"

因为是在梦中,家盛没有多想就答应了。

"那么,我就等到那智十四岁时再来。在这之前,长尾麻吕的事由我来解决。"

之后那男子便消失了。

第二天早晨醒来后,家盛仍然记得那个梦。

"反正是个梦……"

虽然没有放在心上,可从第二天开始,宅邸里便没有蛇出现了。

是那梦中出现的男子做了什么,还是蛇自然而然地消失了呢?家盛并不清楚,可是蛇不再出现,确实值得庆幸。

之后,蛇也好,梦也好,家盛都已忘得一干二净,就在此时——

"第五年,那男人变成老人的模样出现了。我想说的就是这些,晴明。"博雅说。

三

这么说来,五年前的那件事不是梦?

还是说,这次同样也是做了个梦呢?

"那么,我明晚再来,还请您务必遵守五年前的约定……"

在家盛发呆之际,老人的身影慢慢变浅。

"请、请等一等——"家盛着急地喊道,"我到底该怎么做呢?"

"告诉那智小姐来龙去脉之后,还请您做好举行婚礼的准备。"

"可、可是——"

"我为了制服那长尾麻吕,耗费了精力,才变得如此苍老。还请您务必遵守约定……"

老人的身影越发淡去,不久后便没了踪影。同时,围在老人周围嗡嗡飞舞的菩萨也消失了。

可是第二天,家盛什么都没有做。因为等到早上醒来,他仍然觉得昨晚的事是个梦。

恰好在搬到这里的第五年,之前忘记的事在不经意间想了起来,才做了那个梦。

如果不是梦,那么今晚那个老人应该还会出现。至于该如何做,到时候再想便是。现在急于应对的话,若是今夜什么都没发生,岂不被世间笑话。

夜晚到来了。家盛睡着后,耳边又传来了那个声音。

"如何了,家盛大人……"

家盛睁开眼,直起上半身,发现老人正坐在枕边。他看起来显然比昨夜更老了,身体也缩得更小。

"您可告诉那智小姐了?"

"这……还没有……"

"您说什么?"

"我以为是个梦……"

"不管是梦还是真,您知道约定就是约定,必须要遵守吧?"

"是、是的……"

"或许您还没有察觉,那智小姐原本就是与蛇有缘的人。"

"与蛇有缘?!"

"她出生于巳年巳刻,您的宅邸恰好建造在大内的巳位。这两点与今日发生的事有一定的联系。"

嗡……嗡……

那散发着金银光芒的菩萨又环绕在老人周围飞舞。

"如此继续下去,那智小姐可就要与那长尾麻吕……"

"长尾麻吕?是什么?长尾麻吕是什么人?!"

家盛如同央求一般苦苦逼问。老人带着同情的神色望着家盛,那身影比昨晚更快地变浅了。

"老人家,还请——"

"已经晚了。仅仅是这样现身,就用尽了我的精力……"

老人的身影越发浅淡,越发渺小。

"这、这……"

"很遗憾,已经晚了……"

老人的身影随即消失不见。

同时,那些豆粒大小的发着光的菩萨也消失了。

四

"据说从那个晚上开始,老人就不再出现了。"博雅说。

"这样的话,不是挺好吗?"

"这样可不好,晴明。"

"怎么了?"

"老人不再出现后,结果——"

"蛇又出来了吗?"

"是的,蛇又开始出现在家盛大人府上。你可真明白啊。"

"估计就会这样。"

"而且蛇比以前更多了。"

地板上到处是虎斑游蛇。走在府中,梁上时不时地往下掉锦蛇。柱子上缠绕着蝮蛇。

"然后啊,晴明,家盛大人觉得实在太奇怪,就派人调查,发现三十多年前那里是有人住的。"

"是吗?"

"可是,蛇实在太多了,便在池子边建了观音堂,供奉观音菩萨像。"

"所以呢?"

"每日唱诵《观音经》,出现的蛇果然少了,但仍然有蛇在宅子里出没。最终那户人家搬到别处,那片地就成了天家所有。"

"就是家盛大人五年前受封的那块地吧?"

"嗯。"博雅点点头,继续说道,"说起这次的事,还有更加糟糕的。"

"怎么了?"

"那智小姐似乎是被什么附体了。"

"哦。"

"蛇再次出现后的第三天,那智小姐变得怪异起来。"

"怎么怪异了?"

"大白天的,小姐却待在水池子里。"

"水池里?"

"家中有人发现后,大喊小姐。据说小姐回过头来,口中竟然叼着青蛙。原来她在池子里捉了青蛙,想生吞入腹。"

"这可真是……"

"回到家中后,小姐一说话,发出的却是男人的声音,说的话也很古怪。"

"说了什么?"

"说自己不是那智,而是长尾麻吕。"

"哦?"

"说今后每天早晨都要捉十只青蛙奉上,他要吃那东西。"

"家盛大人照办了?"

"一开始没有。但要是不这么做,小姐就闹个不停,不用手便能在地上和庭院里飞快地爬行,甚至想爬进池子里捕捉青蛙。家盛大人实在受不了,才开始给小姐捉青蛙。"

小姐本来是害怕蛇的,但自从被什么东西附体后,就变得一点

213

也不怕了,而且蛇也不会袭击和撕咬她。

不仅如此,那智小姐还自行靠近蛇,让蛇缠绕在她身上。

"某天早上,她的身上竟缠绕着将近三十条蛇,在被窝里睡着。"博雅低声说道。

"那智小姐名字中的智与蛇的发音一样,所以小姐可能与蛇有某种因缘吧。"

"智?"

"智在日本古语中就指代蛇。虎斑游蛇以前也读作智,而且在古代,三轮山的神明为蛇身,其名字便是大己贵神,里面也有智。"①

"嗯、嗯。"

"蛟里的智,也是蛇的智啊。巳年巳刻出生,名字中又带着智,而且住在了大内的巳位,就算不愿意,也会被蛇缠上吧。"

"晴明啊,我不清楚具体情况,总之现在家盛大人是焦急万分啊。"

"就是说让我解决这件事,对吗?"

"正是。昨天,家盛大人托我问你,有没有办法解决⋯⋯"

"倒不是没有办法。"

"那你能为我走一趟吗?"

"你受人之托,就是晴明我受人之托,博雅。"

"晴明——"

"那么,明天就去吗?"

"嗯。"

"走吧。"

"走吧。"

事情就这样定下来了。

---

①在日语中,智的发音为"チ",虎斑游蛇在古时写作"ヤマカガチ",大己贵神写作"オオナムチ",都带"チ"这个字。下文"蛟"的发音为"ミズチ",同样带有"チ"。

五

眼前是数也数不清的蛇。

不论是庭院里,地板上,还是柱子上,目力所及之处都爬着大大小小的蛇。

"比听到的情形还惊人呢。"晴明说。

"晴明大人,您可算来了。要是您不来,我今日都打算弃宅而逃了。"

家盛一副要哭出来的模样,看着晴明。

"那智小姐呢?"

"请这边走。"

在家盛的带领下,他们走进宅子,发现里面坐着一位被无数的蛇包围的小姐,看起来有十三四岁。

小姐抬头看向晴明和博雅。

"没用的阴阳师来了?"她用男人的声音说道。

小姐一开口,四周的蛇也一齐骚动起来,扬起了镰刀形的脑袋。

"不久前听说要请不知哪里的阴阳师来,我正等着呢。"

"这可真是……"

晴明微笑着把手伸进怀里,取出了两尺多长、闪着金光的细绳。

"这是什么?"小姐用男人的声音问道。

"云居寺里有一位叫净藏的法师,从他常年穿的袈裟上抽了些丝线,这细绳正是那丝线揉搓而成的。"

晴明用指尖捏住绳子,在另一端打了一个结。

蛇开始向晴明和博雅的方向爬来。

"喂,晴、晴明,没问题吗?!"博雅问。

"博雅,拿出叶二。"

"叶、叶二?"

"立刻拿出来!"

博雅从怀里取出叶二，几乎与此同时，晴明一下子将绳子扔到地上。

蛇顿时扭过镰刀形的头，瞪着掉在地上的绳子。

"一切皆由法肃清，接下来就是等待时机了。博雅啊，用你的笛声即可，吹吧。"

"我、我知道了。"

博雅将叶二抵在唇边，开始吹奏。

流畅如水的音色犹如闪烁着清辉的风一般，从叶二中流泻而出。那一瞬间，掉落在地上的金色绳子便宛如蛇一般，打结的一端像镰刀形的蛇头那样立了起来。

博雅吹奏笛子，绳子便和着笛音像蛇一样在地上逶迤前行。

爬着爬着，那绳子开始向外爬去。

这时，家盛情不自禁地出声叫道：

"这、这是怎么回事？！"

因为小姐周围的蛇都配合着绳子的扭动，一齐动了起来。

绳子向外爬去的时候，蛇也跟在后面。

绳子从地板爬向外廊，然后出了庭院，蛇也开始爬出庭院。

从屋顶上啪啪掉下来的蛇，也跟在绳子后面爬行。地板下也钻出了蛇，数量之多让人难以想象。庭院中的石头下也开始出现蛇，松树枝上同样掉下蛇来，这些蛇都跟在绳子后面爬着。

"家盛大人，可否让谁打开大门？"晴明说。

"来人，谁都无妨，快去、快去把门打开……"家盛大声嚷道。

门开了。绳子从那里向外爬走了，后面跟着无数条蛇。那可不是一两百条，或许有千条万条。

不一会儿，如此之多的蛇都跟在绳子后头爬到外面去了。

"这样没、没问题吗？"家盛问。

"走在大路和小路上的人或许会受到惊吓，不过无妨，那些蛇并不伤人性命。"

"这些蛇会怎么样呢?"

"等它们爬到鸭川河滩,我便会在那里放了它们,如此就结束了。之后剩下的是——"

晴明看着那智小姐。

"唔、唔……"小姐用男人的声音呻吟着,"嘶、嘶。"

她不时地露出白牙,呼出带着腥味的气息。

"晴明啊,该怎么办?"

博雅停止吹奏叶二,用不安的声音问。

"是要硬来,还是好好谈谈……"晴明走向小姐,在她面前站住,"事到如今,你已经无计可施了。"

"不可能,我的手段还多得很。让这女人赤裸裸地在街上走,随处大小便,在人前吃粪,这些事我还是能做的。"

"做这些又有什么意义呢?"

"有意义。那个男人会因此痛苦,我就开心了。"

"我可不允许你这么做。"

"那个男人让人杀了我,埋在地下,所以我才诅咒这个屋子,才诅咒那个人。正好在这里碰到了有缘的身子,我就想用她的身体代替我的。"

"真是徒劳之举。"

"五年前我就想下咒了,不想被跳麻吕妨碍。"

"跳麻吕?"

"就是以前在这池子里和我一同活下来的家伙。"

"哦?"

"那家伙住在堂下,与佛像一同受到供奉,不知不觉间就有了奇异的力量。他也看上了这个女人。为了得到她,以阻碍我为条件和家盛做了约定。但是那家伙现在已经耗尽精力,碍不了我的事了。"

"阻碍得了。"

"你说什么？"

说完后，晴明便将藏在右手中的东西塞进那智的嘴巴里。

"你、你干什么……"

之后的话已经无法从那智口中说出来了，因为晴明用右手捂住了她的嘴。

"刚才我取出绳子时，也拿出了这个，不过藏在了手心里。"晴明说。

那智站起来，想要挣扎，可是她只有十四岁少女的力气，甚至甩不开晴明的手。

此时，那智的情形也出现了变化。

之前是想从晴明的手中逃离，现在看起来却像在痛苦地挣扎。

这时，屋子里开始发出声响。

房屋像遇上地震一般开始摇晃，梁柱之间的结合处发出吱吱呀呀的响声。

"晴、晴明？！"

"无妨，博雅，马上便会平息。"

正如晴明所说，不一会儿，他怀里的那智也安静下来。

晴明让那智仰面躺在已经没有蛇的踪迹的地上。

"片刻后便会苏醒，就让她睡一会儿吧。"晴明说着从那智口中取出了小纸片。

那纸片上写着一些字迹。

"是什么，晴明，这个是什么？"

"是孔雀明王的真言。"

说完，晴明打开纸片给博雅看，上面用梵文写着：

唵摩由啰讫兰帝娑婆诃

在天竺，孔雀是专吃毒虫和毒蛇的灵禽，因此成为佛教的守护神——明王之一。

"接下来我们去那边看看。"

晴明走到庭院中，来到那观音堂的附近。

让人在堂下搜寻，发现了一只比人头还大的蛤蟆的尸体。

那尸体四周围绕着许多金蝇银蝇，嗡嗡地飞舞着。

"这就是在跳麻吕四周飞舞的东西的真面目了。因为他自称菩萨，家盛大人便把这些东西看成了乘云而飞的小佛陀。"

晴明说着，微微低下了头。

"好了，这下都已经平息了。那么我们走吧，博雅——"

说话时，晴明已经迈出了脚步。

博雅跟在了他的后面。

六

数日后，家盛差人在宅邸的地下挖掘，挖出了一个身长八尺有余的庞然大物——黑蛇的尸体。

家盛让人将那尸体与蛤蟆的尸体葬在了一起。

自那以后，家盛的宅邸中便不再有怪事发生了。

炎情观音

一

秋日的阳光下,菊花散发出芬芳的香气。

在晴明的庭院里,盛开着一片小小的浅紫色菊花,香气四溢。

杯中满溢的酒香和那菊花香气相融,每每将酒含在口中,竟然能闻到一缕难以言说的香味。

"宛如在品尝着菊花……"

博雅用沉醉的声音说着,缓缓地喝下酒。

"这不正是酒与秋日穿肠而过吗,晴明啊——"

博雅神情迷离,闭着眼睛微微地摆头。

在安倍晴明宅邸的外廊上,晴明与博雅相对而坐。

"可真是发现好酒了呀。"

过了晌午,博雅让仆人拿着据说在三轮山得到的酒,出现在晴明这里。

差使蜜鱼与蜜夜准备酒后,晴明与博雅便开始喝起来。

"博雅啊,你来得可正是时候。"晴明将酒杯送到唇边,说道。

"怎么回事?"

"其实,待会儿某位大人的小姐要来。"晴明放下酒杯。

"什么?!"

"我差了人想叫你前来,可是说你已经出门,就作罢了。没想到你自己却出现了……"

"喂,晴明。"

"怎么了?"

"你对我做了什么吗?"

"什么?!"

"你没有下让我今天来这里的咒吧?"

"这种事,我可不做。"

"真的?"

"不过是哪方的神明掷了骰子,恰好对上了而已。"

"是吗?"

"总之,你能在这里,我就心满意足了。"

"那今天要来这里的是哪位小姐呢?"

"是藤原安时大人的千金。"

"莫非是那贵子小姐?"

"正是。"

"这样说来,在大约十年前,我还教过小姐一年左右的笛子。"

"原来如此,所以……"

"什么原来如此,晴明?"

"今日小姐能来这里,其实有诸多不便。"

"什么不便?"

"若是由我去小姐府上,似乎是有些不便的样子。"

"哦?"

"就是说不希望有人知道我去过小姐的住处。"

"这是为何?"

"这一点，等小姐来了再问即可。"

"是嘛。但是，这事为何与我有关系呢？"

"听说确定要来这里时，小姐对安时大人说了一番话。"

"说了什么？"

"她说，若是晴明大人的宅邸，源博雅大人不是常常造访吗？"

晴明模仿着贵子的声音，小声说道。

"好像确实是这样，可是又怎么了呢？"安时问。

"博雅大人若是与晴明大人交好，那我的事情，应该也能请晴明大人解决了……"

据说贵子小姐是这么说的。

"因为这个缘故，就想把你叫来。"

晴明说话时，旁边有人禀报。

"藤原安时大人来访。"蜜虫站在外廊上，低着头说道。

"那就带他来吧。"

不一会儿，在蜜虫的引领下，安时出现了。

他容颜憔悴，年龄大约四十多岁，可看起来却有六十岁的模样。

"安时大人，您专程来访，真是万分惶恐。"晴明站起来迎接。

"哪里哪里，我是心甘情愿过来的，不必介怀。"安时说着，看到了晴明身旁的博雅，"博雅大人也在，那我就放心了……"

他脸上浮现出安心的笑意。

"令千金呢？"博雅问。

"还在牛车里。在带她进来前，我想先向两位说明一下情况。在这之前，贵子还不适合露面，就让她在那里等着了。"

"本来由我拜访贵府即可……"晴明说。

"不不，晴明大人来访，可就惹人注目了。贵子的事若是被别人知道，就太可怜了。今日也是借了牛车，按照方位忌讳来到这里。就算有人看见，也只会认为有人私下来拜访晴明大人，谁都不会知道是我和贵子。"

"那么去里面可好？"晴明催促大家。

"不，在这里，在这里更好。"安时指着外廊点点头。

晴明和博雅在外廊坐下，安时在二人面前就座。端正坐姿后，他看着晴明与博雅，开口道：

"其实，每天夜里，都有野兽来啃食贵子的脸……"

安时随即开始讲述整件事的来龙去脉。

二

大约七天前，正在睡梦中的贵子在寝具里睁开了眼。

开始并不明白自己为何醒来，但很快便感到了某种气息。

在黑暗中，有什么东西潜伏着。

有什么东西正蹲守着，屏息观察这边的情形。

贵子知道那东西在自己右边，于是打算将头和身子转向那边，却无法转身，动弹不得。

嘶嘶……嘶嘶……

贵子听见了齿缝间漏出的呼吸声，那气息正在往自己的方向缓缓靠近。

贵子害怕极了，想要大喊，却发不出声音。

既然如此，便想着这应该是梦。可若是梦，那呼气声和爬行声也未免太清晰了。

而且，它一直在靠近。

不一会儿，贵子的头发被猛地抓住了。

嘶嘶……嘶嘶……

带着腥味的呼吸喷在贵子的脸颊上，右脸感到一阵钻心的疼痛。那爬过来的东西咬住了她的脸颊。

咔嚓，传来牙齿撕咬的声音。

嘶啦，那是脸颊的肉从骨头上被撕下来的声音。

随即又传来咔嚓咔嚓地咀嚼着肉，咕噜一口咽下的声音。

贵子清晰地听到了这些声音。因为过度受惊，加上疼痛，她昏厥过去了。

翌日早晨，贵子醒来后，想起了这件事。

她把手抵在右脸颊上，发现那里有些发热，慌忙跑到镜子前一看，右颊上出现了一块瘀青。

想到肉还在，那么昨晚的事确实是梦吧？还是右颊的瘀青处长了什么不好的东西，因此才做了昨晚那样的梦？

正这样想着，第二天晚上又发生了同样的事。

不知是什么野兽来到身边，啃食着贵子的脸。

夜里入睡后不久，她便会醒过来，陷入无法动弹的状态。

然后，就有野兽般的东西爬过来，抓住贵子的头发，呼出腥气，啃咬她脸上的肉。

醒来后，她脸上的瘀青不仅扩大了，而且比此前更严重。

这样的事情一直持续了三天，因为实在感到害怕，贵子便找父亲安时商量。

既然如此，安时便安排了两个有身手的人，在贵子的寝室不眠不休地看守，而且让他们佩着刀和弓箭。

安时想着，若真有野兽来了，就用箭射它，用刀斩杀。

然而，那不眠不休看守的二人也遭遇了同样的事。

夜里，他们猛然发现，贵子在睡梦中发出呻吟声。那不知何时从何处进来的东西，正如黑影一般扑在贵子身上。

咔嚓声传来，它似乎在啃咬贵子的脸。

二人想驱赶那影子，身体却无法动弹，头也无法转动。勉强想动一动，身体却更加僵硬，全身的汗滴滴答答流个不停。

二人随即失去了意识。据说等到早上，他们才与贵子一同清醒过来。

三

"我已经束手无措了，只好请晴明大人想想办法。"安时说道，"最近，不仅仅是脸，贵子的右肩和右手也被咬了，真是身心俱疲。事已至此，只有依靠晴明大人了。"

"原来是这样。"晴明点点头，"已经明白您所说的了，现在可否先见一见贵子小姐呢？"

"嗯，见吧。"

"那么，蜜虫……"

晴明唤了一声，蜜虫即刻消失了，不一会儿，左手边有一辆牛车进入了庭院。

牵引着黑牛的不是饲牛童，而是蜜虫。

车轮碾过草地，秋日的草被碾碎，稻草的香气更加浓郁起来。

牛车在晴明等人所坐的外廊前停下了。

大概透过卷帘能看见这边，车内传来了女子微弱的声音。

"博雅大人……"

"贵子小姐……"博雅小声地唤道。

"您来这里了吗？"

"是。别担心，交给晴明，一切都会水落石出的。"

"小姐，可否让晴明看一看您被那野兽啃咬的伤口？"

"是。"贵子小声应答道，随即从牛车上下来了。

她没有遮挡脸部，而是直直地抬起头，伫立在菊花丛中。

"啊……"博雅情不自禁地发出了声音。

贵子右半边的脸和脖颈看起来如同溃烂了一般。在人前露出这副模样，想来需要极大的勇气与决心。

"可否让我在近处看一看呢？"晴明说。

"无妨。"贵子眼神直直地看着晴明的方向，回答道。

"失礼了。"晴明赤足来到庭院里，注视着贵子的脸，"可否卷起右边的袖子呢？"

"请便。"

晴明执着贵子的右手，卷起了袖子。

手腕、手肘直至肩口的肌肤都露了出来，那如雪一般白皙的肌肤上，印着无数撕咬的痕迹。

一部分手臂和手腕处还有未被撕咬的地方，可也几乎遍布着咬痕，如同瘀青，又如同溃烂，让人无法直视。

"多谢。晴明失礼,还请见谅。已经可以了,小姐先回到牛车上吧。"

晴明扶着贵子踏上踏板后，贵子回到了牛车上。紧接着，传来了微弱而隐忍的哭泣声。

"小姐，您可以回去了。"

"那、那，晴明大人，贵、贵子的事……"安时说。

"今夜，晴明将设法解决。"

"真的?!"安时顿时提高了声音。

贵子所坐的牛车轱辘轱辘地动了起来。晴明回到了外廊上。

"安时大人，还请您留在这里。我还有一些事想询问您。"晴明说着坐了下来。

"但问无妨。"安时探出了身子。

从晴明的话语中听出了希望，安时的声音有些激动。

"晴明啊，那模样实在是让人于心不忍。你若能帮忙，可否帮一帮呢？"博雅皱着眉说道。

"不过，安时大人，贵子小姐最近可有交好的男子？"

安时一瞬间沉默了下来。

"可有？"

"有、有的。"晴明再次询问后，安时点了点头，"是平家盛大人。"他连没有问的问题也一并回答了。

"这次的事，您不想外传，最重要的原因就是这个吧？"

"是、是的。"如同下定决心一般，安时的回答很干脆，"若怀了家盛大人的骨肉，家盛大人与我家就能联姻，我家也受益不浅……"他将内心的想法和盘托出。

"说起来，安时大人，在四条以西的西京有个佛堂吧？"

"嗯、嗯。"

"那里供奉的是什么佛呢？"

"中间是阿弥陀如来，左右是文殊菩萨和如意轮观音。"

"阿弥陀如来的右侧——就是从正面望去的左侧是哪位菩萨呢？"

"右侧供奉的是如意轮观音像。"

"如意轮观音像供奉于此，是什么时候的事？"

"是贵子出生的时候，已经是二十年前的事了。"

"贵子小姐出生时？"

"是。贵子刚出生时体弱多病。为了祈求她健康成长，便托师傅雕刻了那尊像。"

"那时做了什么事情吗？"

"你指的是……"说到这里，安时似乎突然想起来了，"对，在那如意轮观音像的泥胎内，放了贵子的脐带。"

"若是如此，今晚或许能解决此事。但依情况而定，可能会惹上另一个麻烦……"

"麻烦？"

"不。还没有发生的事，我们还是先不必担心了。今夜就由我和博雅来守夜吧。"

"博雅大人也一起？"

"是。"晴明代替博雅答应了。

"那、那么在贵子那里,今晚……"

"不。现在前往的不是贵子小姐的寝室,而是佛堂那里。"

"佛堂?!"

"是。"晴明点点头。

安时回去后,博雅问道:"喂,晴明,我也要去吗?"

"不愿意吗,博雅?"

"不是不愿意。要是为了贵子小姐,今晚去哪里,我都无妨。"

"那么,今晚去吧。"

"嗯,嗯。"

"走吧。"

"走吧。"

事情就这样定下来了。

四

晴明与博雅藏在了佛堂的阴暗处。

佛堂中央有座佛坛,供奉着三尊佛像。中间是阿弥陀如来,右边是如意轮观音,左边是文殊菩萨。

二人便藏在了这三尊佛像的身后。

自日暮时分藏在那里,已经过了两刻钟。

"晴明,真的会来吗?"博雅放低声音问。

"会来的。"

"你说会来,可会来什么呢?"

"是啊,会来什么呢?"

"你知道吗,晴明?还是已经知道了,却不能告诉我?"

"不,并不是知道却不说,只是心里有数,可是还不知道来的会是谁。"

"刚才你说的是'谁',那就是说来的是人?"

博雅不禁提高了声音,此时,晴明"嘘"了一声。

"来了。"

博雅咽下了声音,安静下来。

不久后,传来门扉打开的声音,青色的月光照入佛堂内,接着响起了窸窸窣窣的声音,有什么进入了佛堂。

"是人啊……"博雅只是动了动嘴巴。

那人站在三尊佛像前,似乎是在抬头望着佛像。

"啊,啊,真是不甘心……"

低沉的声音响彻佛堂,虽然十分沙哑,可仍然能辨别出是女子的。

"太可悲了,太可恨了……"

佛坛上发出窸窸窣窣、吱吱呀呀的响声,进入佛堂的那人——那个女人走上了佛坛。

"贵子,你这卑贱的女人,我要让你活着受尽屈辱。"

她话音刚落,便响起了咔嚓咔嚓的响声。

"你竟然敢抢走家盛,竟然敢偷走家盛……"

博雅悄悄地伸长脖子看去,只见在月光之中,爬上佛坛的女人正从一旁啃食如意轮观音像,用牙齿啃咬着雕像的脸。

博雅情不自禁地发出了"啊"的一声。

那一瞬间,啃咬声停止了,佛坛上的女人停下了动作。

"是谁,谁在那儿……"女人用沙哑的声音说道。

"是我……"博雅应答着站了起来。

"我是源博雅。听闻藤原安时大人的千金贵子小姐在夜晚的遭遇,为了确认此事,所以潜伏在此,还请见谅。"

博雅毫不犹豫地自报家门。

"哦?你都看见了?"女人说。

"我刚才的样子都被你看到了啊……"女人动了一下,发出了咯噔声。

女人衣服的下摆在月光中展开,她从佛坛上跌了下来,发出了声响。

"是吗,被人看见了啊。我这可憎的模样被人看见了啊。"

女子爬到墙边,如石头一般蜷起身体。

"嘤嘤……"她开始放声哭泣。

晴明与博雅站在了她的面前。

"你为何要做此事呢?"晴明问。

"平家盛大人本是与康子我交好的。可是后来他开始去那女人——贵子那里了,如今我夜夜独守空房……"

女子一边哭泣一边说。

"既然如此,我就把这塑像当成贵子的替身,每夜都前来啃食。这可是那女人出生时制成的塑像,就是那女人的替身……"

"并非是替身。"晴明说。

"什么?!"女子发出了尖细的声音。

"这尊泥胎内放入了贵子的脐带。你就是通过这个在施咒,在贵子小姐的脸上留下了撕咬的痕迹。"

"怎么会……"

"是真的。"

晴明说完后,女人停止哭泣,发出了尖锐的笑声。

"真的吗?如果是真的,可真是太好了。她脸上有了我的咬痕,脸已经烂了吗?如果是这样,就大快人心了。"

女子连连说着"大快人心",摇摇晃晃地站了起来。

"真是大快人心……"

她跟跟跄跄地走起来,口中还发出尖锐的笑声。

她迈向打开的门扉,走到了佛堂外的月光下。

博雅想追上去，晴明却轻轻地按住了他的肩膀，微微地摇头。
"是啊，晴明。我明白，这是我们无法左右的事……"
博雅微微地收回下巴，点了点头。

五

外廊上，晴明和博雅正在饮酒。
夜色中飘溢着菊花的芬芳，酒香四溢。
"自那以后，贵子小姐应该平安无事了吧？"博雅问。
"嗯。"晴明点点头，"毕竟已经将脐带从如意轮观音像的泥胎中取出来了。"
说完，二人继续沉默地对饮。
"啊，晴明啊。"
博雅似乎想起了什么。
"怎么了，博雅？"
"你怎么知道那是将如意轮观音当作贵子小姐的替身施的咒呢？"
"因为我知道安时大人有座佛堂，而且那里供奉着三尊佛。"
"可是，不可能靠这么点信息知道吧？"
"我之所以知道，是因为看到了贵子小姐皮肤上的咬痕。"
"什么?!"
"那咬痕不是只出现在右半边脸和右臂上吗？"
"确实是这样，但通过这一点就知道了？"
"是啊。"
"为何呢？"
"中央是阿弥陀如来，右侧有如意轮观音像。这样一来，被如来挡住后，就没法啃咬如意轮观音的左侧了。"
"原来是这样。"

"从手臂上的齿痕来看,那确实是人的牙齿咬的,而且也有没有咬痕的地方。"

"在哪儿?"

"额头、上臂以及手腕上。"

"这又是为什么?"

"如意轮观音头顶宝冠,所以无法啃咬那部分的额头。而且观音像的上臂和手腕处不是镶嵌着手环吗?就是说那里也无法啃咬,因此那些部位就不会有齿痕。我听说佛像的泥胎内放着脐带,就知道必定是如此了。只是谁会来,还不清楚……"

"是这样啊。"

"至于那女子来自何处,又是谁——调查这些,就不是我们该做的事了。"晴明感慨地说着,喝了一口酒。

"我说,晴明啊……"

"怎么了?"

"人心可真是深不可测。"

"嗯。"

"该如何去做,却没有答案……"

"是啊!"

"人要由着这无解的心,焦灼慌乱地活下去吧。"

"人生大概就是如此吧。"

"这是多么孤独啊,却又让人有些心安……"

"博雅啊,能让我听听你的笛声吗?"晴明说。

"好。"

博雅点点头,放下酒杯,从怀里取出了叶二,将笛子抵在唇上开始吹奏。

菊花的香气中,笛音如水一般倾泻下来。

六

　　七天后,在鸭川上,浮起了一具看起来有二十三四岁的女尸。但这究竟是谁,来自何处,没有人知道,所以人们便把她葬在了鸟边野。

霹雳神

一

秋日的阳光中，菊花吐露着芬芳。

闻一闻这清冷大气里的香气，似乎感到在内心深处出现了更为深邃的地方，隐隐约约能看见那隐藏在根底的情感。

在阳光与菊香中，琵琶声铮铮而鸣。

从前些日子开始暂住在晴明宅邸的蝉丸法师坐在外廊上，正在弹奏琵琶。

晴明与博雅边饮酒边倾听，将漂浮在酒水之中的菊香，与酒一同喝下去。

博雅闭着眼睛，说："蝉丸大人的琵琶与这菊花，可真是弥足珍贵的下酒菜。"而后放下酒杯，睁开眼睛。

晴明宅邸的庭院已宛如秋日的原野。

女郎花与龙胆花争相开放，其间，菊花东一簇西一团地盛开着。

"博雅啊，你的笛声可否与琵琶合奏呢？"

晴明开口时，光线有些暗了下来，微微起了一点风。博雅吹奏笛子时，方才还晴朗的天空蒙上了厚厚的云层，片刻后劲风吹起，豆大的雨点猛烈地敲打着屋檐与庭院。

四周犹如黄昏时分般昏暗下来，天空中划过闪电。

弯曲的树枝发出嗖嗖的响声，在风中起伏扭动。

如瀑布般倾泻而下的雨中，雷声大作，天空中闪过电光。

蝉丸的琵琶停下了，博雅的笛声也停下了，与晴明一同望了一会儿这天空中的异象。

这时，一道尤为明亮的闪电划过，粗大的火柱使天地相连，犹如将天地撕裂般的轰鸣声使大气都为之震动。

"是哪里落雷了吧。"蝉丸虽然目不可视，却面朝天空说道。

"是南方。"博雅从屋檐下望着天空，然后站立起来。

"大概是罗城门附近。"晴明说着，闭上了眼睛。

晴明的表情，似乎是将天地间轰鸣的雷声、风声、雨声，当作乐声一般在侧耳倾听。

二

秋日的风雨肆虐了一阵子，到了傍晚风息雨止，闪电也停歇了。

不一会儿，云层往东边散去，澄澈的天空中出现了闪烁的星辰。

夜里，空中仅仅留下少许云朵，满月倾洒清辉。

博雅今夜也不回家，留在晴明的宅邸。

月光照进屋檐下，晴明、博雅、蝉丸三人再次坐在外廊上开始喝酒。

灯台里只点了一盏灯，立在一旁。

酒若是饮尽，蜜夜便再次送上盛满酒的瓶子。

"说起来，白昼时天地的动静如此激烈，现在却这般安静……"

甚至能听见博雅喝下的酒流过喉咙的声音。

草丛中，秋虫唧唧鸣叫。

"那样的狂乱停歇后,不知不觉就会陷入这样寂寞的宁静中吧,晴明。"

"博雅啊,你是不是在比喻深深地思念一个人的心境?"晴明的红唇浅浅一笑。

"哪里,我可没有将天地比作什么,只是说了想说的。"

"是吗……"

晴明没有再和博雅说话,将酒杯移到唇边,抿了一口酒。

"那么,若是可以,在这里继续白日的演奏如何?"蝉丸将一旁的琵琶拿起放在膝上,从怀里取出拨子。

"是吗,这可真是让人喜悦……"晴明放下酒杯。

铮铮……

琵琶声响起。

菊花的香气再次萦绕在夜色中,琵琶嫋嫋而鸣。

"就由我来合奏吧……"博雅从怀里取出叶二,抵在唇上。

月光中,如细小的青蛇一般的笛音婉转流淌。琵琶声与笛音相互应和,飘向秋日的夜空中。

铮铮。

悠悠。

两种乐声溶在菊香里,四溢流淌。

这时,忽然传来噔的一声。

天空中的某个角落不知响起了什么声音。

咚。

咚咚。

咚咚。

咚咚咚。

似乎有人在某处敲打羯鼓。

咚。

咚咚咚咚咚。

咚咚。

咚咚咚。

似乎是从晴明宅邸的屋檐上传来的,这羯鼓的声音与琵琶和笛声曼妙和鸣。

蝉丸与博雅继续弹奏琵琶,吹奏笛音。对二人而言,比起放下琵琶和笛子走到外面,朝着屋顶询问是谁,倒不如和着那羯鼓声弹奏琵琶、吹奏笛子更有乐趣。

铮铮——

悠悠——

咚咚——

三种乐声和着曲调与拍子,回荡在空中。

咚——

羯鼓声每每响起,屋顶上便有一道光忽闪而过。

咚——忽闪。

咚——忽闪。

声音与光芒在屋顶上不断回响和忽闪。

踩在屋顶的噔噔声靠近了屋檐,似乎有什么降落在了庭院里。

那物在空中咕噜转了一圈,立在了月光下,是一个仅在腰间缠了条布的赤身童子。

这童子的脖子上用绳子悬着羯鼓,右手拿着木制鼓槌,左手握着钴杵,欢喜地发出踏步声,敲打着羯鼓。

童子睁着浑圆的眼睛,在月光中嬉笑着,时而歪头,时而前仰,时而后倾,踏足而舞。他一边赤脚起舞,一边敲打着羯鼓。

他双颊赤红,梳了个发髻。

博雅与蝉丸继续和着他的鼓声吹笛、弹琴。

三种乐声在秋日里回荡着。

三

翌日清晨,在庭院里,躺着一尊木雕的童子像。

那童子头悬羯鼓,右手拿着木鼓槌,左手握着钴杵。

蝉丸站在外廊上,晴明与博雅走到了庭院中。

"晴明,这不是昨夜的童子大人吗?"博雅说。

"想来是罗城门的制吒迦童子大人。"晴明说。

"什么?"

"因为左手执着钴杵,右手执着金刚棒。"

"不过,为什么是罗城门……"

"以前曾见过。在罗城门城楼上,摆着六尺有余的兜跋毘沙门天像,边上应该是不动明王像。这不动明王左右有制吒迦童子像和矜羯罗童子像。"

"这又怎么了呢?"

"另外还有几尊腾云驾雾的菩萨,其中有一尊似乎就是这样敲打羯鼓的……"

"所以又怎么了呢,晴明?"

"据我所知,罗城门的制吒迦童子是由霹雳木雕刻而成的……"

霹雳木是指遭了霹雳——也就是落了雷的木头,会作为灵木祭祀和供奉。

"昨日罗城门落雷,想必是击中了这制吒迦童子大人,于是霹雳神暂时寄宿在了他身上。这时听到了你的笛声和蝉丸大人的琵琶,于是从菩萨那儿借了羯鼓,降临此地。或许霹雳神大人在降临时,听到了蝉丸大人的琵琶声……"

"或许也会有这样的事吧……"

晴明说完,外廊上的蝉丸微微一笑。

"那,霹雳神大人如今……"

"夜尽天明，太阳升起之时，回到了天上吧。"

"可真是不可思议，不过，晴明啊……"

"怎么了，博雅？"

"不论这童子身上是否有神寄宿过，我昨夜可是欢喜极了。"

"嗯。"

"今后可真想再同他一起和声而奏啊。这样的机会，还会再有吗……"

博雅略带落寞的神色，说道。

"会有的。"

晴明毫不犹豫地说。

"这像与羯鼓，今日便让人送回罗城门吧。不过，博雅啊……"

"怎么了？"

"昨晚，我也喜不自禁呢。那样的乐声，如果何时能再听一曲，我也会无比喜悦。"

晴明仰望着碧空，秋风轻轻拂过。

逆发之女

一

离京人，归京者，相逢别过。
故知友，萍水客，逢坂之关。

这是蝉丸法师的一首和歌，收录于《小仓百人一首》中。

逢坂关，骤雨过，煎熬待天明。

这一首是《续古今和歌集》里的和歌。

这两首和歌里都出现了"逢坂关"。据传蝉丸曾居住于这逢坂关附近。之所以说是"据传"，是因为尚有人对蝉丸这个人物是否真实存在表示怀疑。

有传言说，蝉丸是一位血统高贵的人，是醍醐天皇的第四皇子。也有说法认为，蝉丸是宇多天皇的皇子敦实亲王的杂役。蝉丸居住在逢坂山期间，博雅曾在他跟前学习了三年，终于习得蝉丸的琵琶秘曲。

是位盲人琵琶法师这一点,与诸多传言一致,而他究竟是何时失明的,却众说纷纭。

在曲艺界,这位有名的琵琶法师也经常出现在许多作品中。

据净琉璃《蝉丸》所说,蝉丸的失明,是蝉丸的正房与侍女芭蕉诅咒所致。受这曲净琉璃的影响,歌舞伎和狂言《蝉丸二度腾达》中,蝉丸的失明皆为诅咒所致。成为盲人的蝉丸被弃于逢坂山,于是开始在逢坂山生活。

谣曲《蝉丸》中,作为醍醐天皇第四皇子出生的蝉丸自幼便目不能视,故而被丢弃于逢坂山。

让人觉得意味深长的是,无论是歌舞伎还是狂言、净琉璃中,都出现了逆发之女。

净琉璃《蝉丸》中便有"发逆而长"这部分内容:

> 忽然从席间站立,额头青筋隆起,发逆而长,浑身战栗;满是恨意,无限憎恨;大喊"让你忏悔,让你醒悟";以双目怒视天地,血泪不止;愤怒万分,怨恨万分,嫉恨万分,要将汝啖食殆尽;疯癫痴狂,令人恐惧,却也可怜。

这是对蝉丸正室的描写,这景象真是恐怖至极。

头发由下向上逆向生长,这模样让人想到蛇。蛇有嫉妒之意。出于怨恨和嫉妒,女子的头发便化作了蛇,这样的故事曾在古典文学里多次出现。

这"逆发之女"也被称为"坂神",或许多少是源于逢坂山的山神。

坂神通式神,式神通宿神,宿神通摩多罗神。这摩多罗神是外来神,是曲艺之神。在琵琶名家蝉丸的故事背后,有这样的神若隐若现,的确有趣极了。

倒不是穿凿附会,不过蝉丸与安倍晴明的深交,不也是水到渠成的吗?

二

樱花花瓣无声地簌簌飘零。

虽然听不到任何声音,可是在源博雅想来,樱花的花瓣悄悄地用着人耳无法听见的声音,一边相互窃窃私语,一边缤纷飘零。

"我说,晴明。"博雅往嘴边送着斟满的酒杯,说道。

在安倍晴明的宅邸外廊,博雅与晴明相对而坐,正在饮酒。

月上中天,青色的月光倾泻而下。樱花在月光中纷纷飘散。

"怎么了,博雅?"

晴明坐在外廊上,立着右膝,右肘靠在上面,应了一声。

"我啊,望着那飘散的樱花,总觉得有些异样。"

"觉得异样?"

"嗯。"

"是怎样的感觉?"

"觉着那飘零的樱花,似乎在飘零的同时,一直在小声诉说着什么。"

"在小声诉说什么呢?"

"这就是异样的地方啊。分明觉得樱花在诉说什么,可在诉说什么呢?我就不明白了。不,应该是我分明觉得非常明白,却无法顺利地用言语告诉你。"

"你要是能顺利告诉我了,那就明白咒的事了。"

"喂,晴明。"

"怎么了。"

"我应该说过了,别提咒的事。"

"好像是的。"

"你一说咒的事，我连明白的事都变得不明白了，不明白的事就更加不明白了。"

"那就用别的打比方吧。"

"别的？"

"要是能成，你就能作一首和歌了。"

"和歌？"

"是的。"

"你不过是把咒换成了和歌，不是吗？"

"正是如此。你可真明白。"

"你是说咒与和歌是同一回事吧。"

"我是说了。"

"但是，这个……"博雅说了一半，合上了嘴，"别说了，你又要说咒的事了。"

博雅将停在嘴角的酒杯抵在唇上，饮尽了杯中的酒，然后将酒杯放在外廊上。

"我说，晴明啊，望着樱花飘零，你心里会想起许多东西吧？"

"是啊。"

"纯洁啊，无常啊……这无常又是一种美。仅仅看着樱花，心里就浮现出无数的思绪……"

"嗯。"

"我在想，那是因为樱花用听不见的声音向我诉说呢。"

"是因为樱花映人心吧。"

"你说什么?！"

"飘散之物、寂灭之物，着实映照着人心。"

"……"

"你感觉这种情形是樱花在诉说。从某种层面上来说，的确是樱花在诉说。"

博雅叹息道："在某个瞬间，似乎是要明白什么，可是很快又什么都不明白了。"

"不明白也无妨。即使不明白，其实你已经充分理解了，或许比我更加……"

"你在夸我吗，晴明？"

"是呀。"

"和把我当傻瓜有区别吧。"

"自然。"

"那我就稍微安心了，晴明……"博雅小声念叨着，向庭院里的樱花看去。

月光中，樱花继续绵绵而落。在两人说话时，花瓣也仍然在飘散。

"蝉丸大人还没来吗……"博雅低声说。

"总会来的。对那位大人而言，是否是夜路并没有关系。"

"不知怎的，就想听蝉丸大人的琵琶了。蝉丸大人的琵琶恰好符合这样的夜晚。"

"我也是这么想的，所以昨夜差使者去了，说今夜会来。蜜虫去迎接了，不久后便会牵着蝉丸大人的手来到这里。"

"真是难耐啊。"

博雅自己往空了的酒杯里倒酒。

晴明的眼睛望着庭院里的樱花。他身上的白色狩衣上，映着摇曳的火焰。

此时，晴明微微动了动红唇。

"似乎是来了，博雅。"

话音未落，蝉丸转过弯，出现在了月光中。

他右手执杖，左手由蜜虫牵着，琵琶背在背后。

蝉丸驻足于樱花树下，倾斜着脖颈，如在侧耳倾听一般。

"樱花开始飘零了。"

他仿佛能听到花瓣的私语声一般,这样说道。

三

三人正在饮酒,斟酒的是蜜虫。

"樱花也有香气。"蝉丸手执酒杯说道,"我眼睛看不见,品酒就如品风一般。"

"风?"问话的是晴明。

"是风的味道吧,在那风里也有微微的味道。品酒之前,吮吸一口拂过酒杯的风——在那风中,与酒香一同,还夹着樱花的香气。"

蝉丸微笑着说,似乎真的知晓风的味道、樱花的香气一般。

蝉丸与晴明交谈了一会儿,向博雅问道:

"您怎么了,博雅大人?"

因为蝉丸到来后,博雅还几乎没有说过话,一直沉默着。

蜜虫斟上酒,博雅一边喝着,那视线不时望向庭院里的樱花,仅此而已。

蝉丸敏感地察觉到了这一点。

"不、不,我没怎么……"

博雅说着,将酒送到嘴边,视线又转向了樱花的方向。

似乎是博雅的沉默与衣服微妙的摩擦声,传到了蝉丸那里。

"博雅大人很在意庭院吗?"

"不,并没有在意。"

犹如在咀嚼博雅的话,蝉丸沉默下来。

不久后,蝉丸又开口了:

"博雅大人,是看见了那个吗……"

"那、那个是指——"博雅的声音高了起来。

"就是博雅大人现在所看之物……"

"……"

"是看得到吧。"

"看、看得到。"

"那是怎样的东西呢?"

"站、站立着。"

"在哪里?"

"庭院里的樱、樱花树下……"

"是人吗……"

"是女人。"

"女人……"

"那女人的头发向上倒竖着,是逆发啊。"

"那女人怎么了?"

"她正在樱花树下站着,看着这边。不,准确地说是在看着蝉丸大人。多么可怕的眼神啊……"

"那女人是从何时起在那里的?"

"是蝉丸大人进入这庭院时。蜜虫牵着蝉丸大人的手走着,她就跟在蝉丸大人身后。开始我还以为是蝉丸大人带来的客人,但马上就发现并非如此。那个女人不是这世上的人。"

"为什么知道不是这世上的人呢?"

"因为她飘浮在空中啊。她走动的时候,身子悬浮在距离地面五六寸的位置,现在也一样。不仅如此,飘散的樱花花瓣穿过了那女人的身体……"

"原来如此——"

"蝉丸大人认识这个女人吗?"

"是的。"

"蝉丸大人的举止一如平常,我还以为是不认识的人。便想着既然不认识,特地询问您,会把事情弄得复杂,于是才沉默下来。既然您认识……"

"二十年——不，三十多年前就认识了。"

"就是说，您看得见她？"

"不，我眼睛看不见，所以只能察觉到那气息。我眼睛看得见的时候，她还在世，可是个绝美的女人呢……"

要说是否美丽，现在站在樱花树下的女人的确很美。

她穿着樱袭配色的十二单衣，伫立于樱花树下。然而——

"很可怕。"博雅说。

那女子跟在蝉丸身后时，一脸狰狞的表情，犹如要啃噬蝉丸的脖颈。那表情现在仍然没有改变，她一头黑发冲天直竖，怒目注视着蝉丸，那眼睛向左右两边上扬。

"您从前就认识这个女子，也就是说，一直以来与我相见时，这女子也依附着您吗？"

"是。"

"只是我没有察觉？"

"正是。"

"喂，晴明。"博雅询问一直沉默着听两人说话的晴明，"你之前就看见那里的女人了？"

"是啊，看见了。"

"那为什么一直沉默？"

这时，蝉丸插话道："因为我恳请晴明大人不要说出来。"

"让晴明别说？"

"是的。"

蝉丸惶恐般点点头。

"在最初遇见晴明大人时，大人便知道我身上依附着这女子。晴明大人也可以让她离开，便问我，想怎么办……"

"然后你怎么说呢？"

"我委婉地拒绝了。"

"为什么?"

"因为她太可怜了……"

"可怜?"

"她本是我的妻子草凪……"

"您说什么?那女子是您的妻子?"

"正是。"

"唔、唔唔……"博雅一时语塞,只是小声嘟囔。

"可、可是,为什么之前看不见,今夜却突然……"

"是樱花的缘故吧。"晴明说。

"樱花?"

"今夜,博雅啊,你试着去聆听平日里听不见的樱花之音,心如止水,所以平时看不见的东西也能看见了。而且你身上本来就带着这样的气质……"

"唔……"博雅只能嘟囔一声。

"今夜正好。既然您已经能看见了,若对她一无所知,想必也让您牵挂。借此机会,我便把与她的事告诉博雅大人吧。"

说着,蝉丸断断续续地开始诉说往事。

四

那大约是三十多年前的事吧。

我眼睛还看得见的时候,有一位交好的女子,便是那草凪。

我与她交好约有八年之后,又有了另一个女子,名叫直姬。我开始频繁地去她那里,自然逐渐减少了去草凪那里的次数,最后再也不去了。

草凪得了病,身体日渐衰弱下去——我多次收到名为芭蕉的侍女的信,说哪怕只是露个面也好,可否过去看看她。

"改天再去吧。"我嘴上虽这么说,却无意去看病弱体衰的她。心中对草凪有所牵挂,却忍不住想去直姬那里。

这样过了一些日子,我的眼睛渐渐看不见了,看东西越发模糊,无法辨别细小之物。

后来演变成了疾患,眼睛感到剧痛无比,连睁眼也变得困难起来。

这时,直姬得了病,身体也每况愈下。她身形消瘦,卧床不起,十天后就离开了人世。

又过了十天,我的眼睛几乎看不见了。就在那个早晨,在宇治桥姬神社的后山上发现了两具女尸。

那是草凪和芭蕉的尸体。

那儿有一株古老的巨杉,树干上用钉子钉着两具稻草人偶,据说其中一具人偶的双眼上钉着粗大的钉子。

这是后来从桥姬神社的人那儿听说的。神社的人说,某天夜里,看见神社后面有灯火在闪动,觉得奇怪,便朝着灯火走去,发现那杉树下有两个女人,正在往树上钉稻草人偶。她们手中握槌,将钉子钉入稻草人中。

咚咚咚。脚踩地面咚咚响。宇治桥之桥姬,在神官捶打钉子的身影,令人毛骨悚然。

我恨,我恨啊。我要让那男人知道,让他觉悟,让他悔恨……看来像主使者的女人竭力哭喊着诅咒之词,在捶打钉子。
"那女人的头发诡异地朝天竖立,眼里流出血泪,让人直冒冷汗。"告诉我的人是这么说的,但不知为何,我并不觉得可怕。

在不明就里的时候,我因为害怕,曾经向不动明王祈祷,但是知道诅咒我的人是草凪后,却生起哀怜之情,惧怕的心情就消失了。

到了二人的尸体面前，我已经完全失明，无法看见草凪了。我触摸她的身体，只有那头发是倒竖着，我无数次地试图抚平它、梳理它，却仍是和原来一样的逆发。

我想，这就是草凪对我的情意吧，这让我惊异不已。

"是这样啊，你对我用情原来如此之深。对不起，对不起。"

我抚摸着她的头发，忍不住流下眼泪。

"草凪啊，我对不起你。但是已经离开的心，再也无法回到最初了，即使你诅咒我也是徒劳。虽然我的心无法给你，命却可以给你。你不如附在我身上，杀了我吧……"

我那时的确是这么想的。

"请依附在我身上，草凪。直到我死，都可以依附在我身上。你不安心升天也无妨。依附在我身上，等到我死去的那一天吧。那一天定会到来的……"

于是，我便被草凪附身，离开了都城，住到了逢坂山。

五

如此这般，蝉丸便说完了这个故事。

"那么，那站在樱花树下的女子就是……"博雅问。

"我妻子草凪。"蝉丸回答，"所以，我愿意一直和她在一起，直到死去。"

"蝉丸大人离开时会如何呢？"

"究竟会如何呢……"

蝉丸犹如能看见那女子的身影一般，不住地望向樱花树的方向。

蝉丸这样一说，刚才只觉得吓人的女子，让人有种莫名的哀怜。

"博雅大人，草凪的头发还倒竖着吗？"

"依然如此。"

那女子——草凪的头发与出现时一样,仍然直直地向天倒竖着。

"晴明大人,那头发一直倒竖着,我真是不知为何。究竟出于什么缘由,头发才会那样倒竖着呢?"

"蝉丸大人还不知道其中的缘由吗?"

"是的。难道晴明大人知晓吗?"

"我知道。"

"还请告诉我,为什么草凪的头发会那样倒竖着?"

"这样的话,我们可以想办法打动她。她的心如果被打动,便会渐渐明白其中的缘由了。草凪夫人可有喜爱的琵琶曲子?"

"这样说来,应该是《流泉》。每次我弹奏这首曲子,草凪总会随之起舞。"

"那可否弹奏一曲呢?"

"是。"

蝉丸将手伸向身侧的琵琶,抱在怀中,从怀里取出了拨子,呼出一口气,又吸了一口气,而后将拨子抵在弦上。

铮……

弦鸣响了,随后便流淌出铮铮的琵琶声。

这时,博雅低声说道:

"看,草凪夫人……"

和着琵琶的乐音,草凪在飘零的花瓣中开始翩翩起舞。她举起双手,缓缓转头,脚踏着地舞动。

草凪的脸上浮现出了喜悦之色。

铮——铮——

琵琶声在回荡,樱花纷纷飘零。

花瓣中,草凪在翩翩起舞。

"晴明大人,不是草凪,似乎有什么来了……"蝉丸一边拨弦,一边说着。

"请别停下，继续弹奏——"晴明说。

蝉丸继续弹奏。这时，博雅提高了声音：

"啊?!"

"手，有手……"

正如博雅所言，盛开的樱花之间垂下一只青黑的巨手。

那巨手抓着草凪的头发，将她的身子往上拉，似乎要拉往何处。

"是这手啊。这手拉着草凪夫人的头发。"

博雅将所看见的情形告诉蝉丸。

"啊，那是——"

樱花中现出了一个巨大的身影，那庞然大物也和着蝉丸的琵琶起舞。

那个在花中起舞的身影被火焰包围，右手执着剑。

"不动明王?!"

眼前出现的确实是不动明王。

不动明王左手拉着草凪的头发，在花中起舞。

博雅说明看到的情形后，蝉丸边弹奏边说道："是吗？那时，我向不动明王祈祷过，不动明王真的来帮我了吗……"

"而我怜惜草凪，已在心中原谅了她，所以不动明王无法带走草凪……"

"蝉丸大人，我可以让不动明王别这样做，请其归去。"

"多管闲事。"

开口的竟然是草凪。

"怎么，草凪夫人刚才说了什么？"博雅问。

晴明没有作答，只是出神地望着在樱花中起舞的草凪。

看草凪的神色，她似乎已经忘了自己刚才说过什么。

为了呼应她的舞姿，蝉丸愈加激昂地弹奏着琵琶。

草凪继续和着琵琶声，如痴如狂地舞动。

晴明手握酒瓶,默默地递给博雅。

"怎么了?"

"喝吧,博雅。今宵的美景不会再有了。"

博雅沉默了一会儿,然后拿起自己的酒杯,向晴明伸出手。

"为我倒酒吧,晴明。"

博雅饮尽了晴明倒的酒,说:"我们这样看着便足矣……"

"嗯。"

"嗯。"

晴明和博雅都点了点头。

月光中,花瓣更加肆意地飘散,琵琶声与舞蹈直至夜半才停息。

博雅的模仿者

一

"我真是头疼啊,晴明。"

源博雅一脸困惑地说。

"我真是头疼啊,晴明。"

这时,又有一个源博雅一脸困惑地这么说。

这是在安倍晴明的宅邸。晴明如往常一样,身穿宽松的白色狩衣坐在外廊上,面朝博雅。

晴明与博雅之间,摆放着酒杯和酒瓶。

像往常那样备好了酒。蜜虫坐在一旁,帮忙斟酒,这景象也一如往日。

庭院里盛开着紫藤花,如沉甸甸的果实般的花房垂着一串串花。风从那里吹过,带来紫藤芬芳甘甜的香气。

既非暑日,也非寒天,这个时节清风宜人。

庭院里的树萌发新绿,草也长势喜人,沐浴在四月的阳光下。

晴明的庭院里,无论何处都呈现着这个季节应有的风景,与去年此时相比,看起来几乎没有变化。

只有一样与平时不同，晴明的面前坐着两个博雅。

两个博雅外貌一模一样，比双胞胎还相似，此刻正并排坐着。与其说相似，倒不如说是无法区别。双胞胎坐在一起，也多少有点不一样的地方。可是现在晴明眼前坐着的两个博雅，无论如何都找不出相异之处。

身上穿的黑袍一样，立着右膝、平放左膝的姿态也一样。连紧锁的眉头、困惑的神情，以及向晴明求助的眼神，都是一模一样，毫无二致。

"我该怎么办好啊，晴明？"

一个人说完，另一个人也说："我该怎么办好啊，晴明。"

声音的高低停顿、说话的节奏和间隙都是一模一样的。

"你无论如何也得帮帮我，晴明——"

"你无论如何也得帮帮我，晴明——"

"你最擅长解决这样的事了，对吧？"

"你最擅长解决这样的事了，对吧？"

两个博雅来这里，是在不久前。

看着面前坐着的两个博雅，晴明问："究竟是怎么回事，博雅？"

"我就是怎么都不明白，才来到这里啊，晴明。"

"我就是怎么都不明白，才来到这里啊，晴明。"

两个博雅回答道。

晴明让蜜虫将两人带到了往常坐的外廊，备了酒。因为有两个博雅在，自然准备了两个酒杯。

于是，现在晴明正在听博雅讲述事情的经过。

一个人将手伸向酒杯喝酒，另一个人也伸手去拿酒杯。一个人开口叹息，另一个人也开口叹息。

这一切，晴明都看在眼里。

"我这么烦恼，你这表情是怎么回事啊，晴明？"

"我这么烦恼,你这表情是怎么回事啊,晴明?"

"我的表情怎么了?"

"你这不是在笑嘛。"

"你这不是在笑嘛。"

"我可没有在笑。"

"不,你在笑。"

"不,你在笑。"

两个博雅都鼓着腮帮子瞪着晴明。

晴明的唇角如往常一般挂着一丝笑意,但博雅可不觉得这件事有趣。

"看来不是平时的镜子呀。"晴明喃喃道。

"这是怎么一回事?"

"这是怎么一回事?"

两个博雅说。

"如果是映在镜子里,所穿服饰的领子、左右手的动作等,都应该是相反的,现在却不是这样。无论哪个博雅,都习惯使用右手。"

"嗯。"

"嗯。"

两个博雅点点头。

无论哪个博雅,都说着一样的话,做着一样的动作。

"话说,你是从什么时候开始这样的,博雅?"

"今天早上。"

"今天早上。"

"醒来后,就发现这家伙在枕头边。"

"醒来后,就发现这家伙在枕头边。"

"博雅啊,说起来,你不是昨天刚从葛城回来吗?"

"正是。"

"正是。"

"你去了多久呢？"

"五天。"

"五天。"

"在那里怎么样？"

晴明说完，两个博雅开始讲述在葛城的事情。

二

博雅出京，是在六日前的早晨。

他是为了去神社参拜一位叫一言主的神明。一言主是传达神谕的神明。

> 恶事亦一言，善事亦一言，断言之神

因此信众会向一言主询问事情的善恶，请愿祈福。

在大约一个月前，村上天皇写了一首不知该以"了"还是"否"结尾的和歌，于是问了一言主，得到了神谕，点明该用"否"。

于是用了"否"，和歌显得更加协调，也更加准确地传达了意味。

"不愧是神明啊。"

因为得了一首上等的和歌，天皇便想再次差人去一言主神社参拜。

"还是源博雅大人去为好。"

有人这样提议，天皇便派了博雅前往。

一言主神社位于葛城山东南面的山麓。

在那里，博雅吹了几曲笛子，以此为供品供奉神明，而后便回到了都城。

昨天回来后，先向主上禀报了此事，回到家中后，早早就睡下了。

早晨醒来，却发现自己坐在枕边，正俯视着自己。

"你、你是谁？"

"你、你是谁？"

两个博雅同时说道。

用手触摸对方，却没有实体，手能穿过对方的身体。

博雅将寝衣换成黑袍时，不知何时，对方也换成了黑袍。博雅宅邸的人都对此惊叹不已。

这情形实在是让人头疼，博雅便坐着牛车来到了晴明这里。

博雅乘上牛车时，不知何时，另一个博雅也穿过帘子悄悄坐在了一旁。

就这样，博雅便与另一个博雅一同来到了晴明的宅邸。

三

"我该怎么办啊，晴明？"

"我该怎么办啊，晴明？"

博雅说。

"且先等等。"

晴明微微歪着脖子，若有所思。

"喂，晴明，有什么好困惑的，我才是真的啊。"

"喂，晴明，有什么好困惑的，我才是真的啊。"

两个博雅一起探出身子。

"博雅啊，我并不是在为谁是真博雅而困惑。"

"那你倒是说说，谁是真博雅。"

"那你倒是说说，谁是真博雅。"

"不说。"

"傻气，别捉弄我，晴明。"

"傻气,别捉弄我,晴明。"

"到底谁是真的,来碰碰这个博雅就知道了。你不碰的话,我碰给你看。"

"到底谁是真的,来碰碰这个博雅就知道了。你不碰的话,我碰给你看。"

"博雅啊,互相触碰的话,如果一个人没有实体,双方都会穿过对方的身体。看的人是看不出谁有实体的。"

"晴明啊,这样的话,你摸一下试试。"

"晴明啊,这样的话,你摸一下试试。"

两个博雅互相伸出右手,触碰对方的左肩。

"啊!"

"啊!"

两个博雅提高了声音,几乎同时向后退去。

"能、能摸到。"

"能、能摸到。"

"来这里之前,明明是能穿过去的。"

"来这里之前,明明是能穿过去的。"

两人互相用手指着对方。

那个之前还没有实体的博雅,现在竟然拥有了实体。

此外,之前是一人说话,另一人复述同样的话,现在也基本没有先后之分了。一个人说话时,话音未落,另一个人便开始说。

"博雅啊,我知道先说话的是你,后说话的是假博雅。不必担心——"

"但是,晴明啊,如果同时……"

"但是,晴明啊,如果同时……"

先说话的博雅在中途停下了,因为一句"晴明啊"还没有说完,另一个人就开始说话了。

"博雅啊,别说话了,就只在我问你的时候再开口。说得越多,你的身体被掏空得越快——"

"你说什么?!"

博雅说着,急忙用双手捂住自己的嘴,另一个博雅也说着"你说什么",用手捂住了自己的嘴。

"博雅,先别管说话的顺序,我哪会搞错你的本尊呢,别担心。"

晴明说完,两个博雅捂着嘴点点头。

"博雅,你去参拜的葛城之神是神明一言主,对吧?说到一言主,是古神,也是八咫乌①的亲属,八咫乌本是鸭,也是加茂氏奉祀的神明——"

晴明的师傅贺茂忠行便出自加茂氏一族。

"在许久之前,大泊濑幼武尊曾前往葛成山猎鹿,遇见过这位神明……"

大泊濑幼武尊就是雄略天皇。

进入葛成山,雄略天皇登上可以俯瞰山谷的山脊,在那里遇见了与自己一行完全相同的一队人,所穿衣物也是一模一样的,都是带着红丝线的蓝染布衣。

那一队人的一切都与天皇这一行别无二致,甚至连那位天皇的容貌也完全相同。

"你们是谁?"雄略天皇问。

"你先自报家门。"对方说。

于是天皇回答:"我乃幼武尊。"

对方便说:"吾乃葛城一言主大神。"

"恶事亦一言,善事亦一言,断言之神。"

雄略天皇惶恐至极,不仅将弓箭献上,还让侍从和官吏脱下所

---

① 日本神话中,神武天皇东征时出现的乌鸦。

穿衣物献给了一言主大神。

一言主大神的传说不是仅有这一则，还有与役行者——役小角之间的故事。在这个故事里，一言主大神成了被役小角任意使唤的神明。

那时，役小角想在葛城山与吉野金峰山之间架桥。他命令天地诸神及小鬼建造此桥，但工程却迟迟不见推进。

"究竟是怎么回事？"

小角问道，鬼神中一位名为一言主的神说："我等的容貌太丑陋，因此不好在白日里露面工作。"

鬼神们只肯在夜间工作的事触怒了役小角。他一怒之下，将一言主关进了巨岩山中。

这件事在《古事记》中也有记载，博雅自然也知晓。

"所以呢？这又怎么了，晴明？"

博雅的眼神似乎在这么问，他紧紧注视着晴明。

"幼武尊在葛城遇见的是与自己一模一样的一言主。博雅啊，你的经历跟他极为相似，而且都是去葛城山后遇到的，这一点不是一样的吗？"

"原来如此。"

博雅露出恍然大悟的表情，点点头，另一个博雅也点点头。

"那就是该怎么做的问题了……"

晴明思索片刻。

"备纸笔。"

他让蜜虫准备笔墨纸砚，磨墨后，在纸上流利地写了些什么，递给蜜虫。

"蜜虫，你将这个送到叡山横川忍觉僧都那儿。告诉对方，本约好明天前去拜访，将提早到今天去。"

"是。"蜜虫点点头，随即站起来，消失了踪影。

博雅用不安的眼神看着晴明。

"别担心,没忘记你的事,博雅。"

晴明边将剩下的纸放进怀里,边说:"去叡山,你也同行。"

就算这样说,博雅又明白了多少呢。

"就与往常一样,博雅,去吗?"

博雅想要张嘴回答,晴明却捂住了博雅的嘴,微微摇头。

"还是先别说话。说了话,身体就会被掏空。点头示意即可,去吗?"

"嗯,嗯。"

博雅点点头。

晴明与博雅无声地互相点了点头,事情便这样定下来了。

四

众人徒步而行。

除了晴明与博雅,同行者只有式神吞天。

与博雅一同前来的饲牛童子先回去了。

这一行中,只有晴明和博雅是人,剩下的便是吞天和假博雅。

一行人来到了叡山的林间小道上。在太阳升起前就从晴明的宅邸出发了,所以在天色尚明时便抵达了此处。

樱树和杉树萌发绿芽,长出青叶。古枫上缠绕着紫藤,垂下几串紫色的花。紫藤花的香气在林间的大气中飘漾。

博雅自然在走路时也沉默不语,只有晴明时不时地出声说一句:"呐,看那紫藤花,博雅。怎么样,真是绝妙,不是吗?"

即使这么说了,博雅也不回答,只是默默地迈开步子。

"不过啊,博雅,你的笛声虽然美妙,或许还是别在神明面前轻易吹奏为好……"晴明喃喃低语,"你啊,是在葛城山中吹着笛子,高声地说着,真是好风景啊,已经是夏日景象了,对吧?"

博雅用眼神表示赞同。

走着走着,到了山脊,眼前顿时开阔起来,可以看到对面的山谷间也出现了一条山脊。

"到这里就可以了吧……"

晴明低语着停下脚步。两个博雅以及吞天也停下了脚步。

"那么,真博雅——"

晴明看着两个博雅。两个博雅都像求助一般望着晴明。

"是这位呢?还是这位呢?"

晴明做出歪着头思考的模样,像在确认一般用手触摸着两个博雅的胸口和肩膀。两个人现在都有了实体。

"究竟是——"

晴明若有所思地歪着脖子。

"有个好办法。"他忽然说。

"我想让真博雅说一句话,说'我才是葛城山一言主大神'。"

晴明交替看着两个博雅,像在确认一般。

"那么,在我说了开始以后,真博雅就朝着山谷大声喊出我刚才说的话。明白了吗?"

两个博雅点点头。

"开始。"

晴明说完的瞬间,两个博雅便朝着山谷大声呐喊。

"我才是葛城山一言主大神。"

"我才是葛城山一言主大神。"

两人同时喊出,毫无间隙,声音也犹如是一个人发出的。

在那一瞬间,其中一个博雅的身影咻地消失了。

留下来的博雅诧异地左右张望。

"喂,喂,晴明,怎么回事啊?那家伙去哪儿了?啊,我能说话了吗……"

博雅盯着晴明。

"你现在不是已经在说话了嘛,博雅。"

"这、这……"

"已经没事了,博雅。"

"晴明,是我,是我。那个家伙去哪里了?"

"在这里呢。"

晴明将手伸入博雅的怀中,从里面取出了一个剪纸小人。

"这是什么?!"

"这是我在途中,为了不让他看见,在怀里用手撕出来的。"

这样说来,在出门前,博雅看见晴明在写字时将多余的纸放进了怀里。就如晴明所说,小人的边缘是用手撕出来的模样。

"刚才在触碰你时,取了你落在肩头的头发,夹在了这里面。"

"竟然……"

"也就是说,那假博雅以为这小人是你,便附在上面了。"

"真是一头雾水。"

"是吗?"

"晴明啊,那家伙究竟是什么?到底为什么会变成这样呢?"

"一言主大神——不,准确地说,是一言主大神的一部分。"

"什么?!"

"看看这样会如何?"

晴明将手中的小人举到头顶,张开了手。

小人轻轻地乘着风飘向空中,随着风飞向了山谷,越来越小,不久就失去了踪影。

它即将消失不见的时候,从山谷里传来喊声。

"我才是葛城山一言主大神。"

"这、这是……"

"是回声。"

"回声?"

"这里是能清楚听到回声的地方——"

"可是,刚才叫喊时,怎么什么都听不到?"

"这是横川的忍觉僧都设法做到的。"

"忍觉僧都?"

"刚才我写了字,对吧?忍觉僧都按照我所写的,向日枝的大山咋神请求,若有人说出一言主大神之名,请其不要作答。"

"大山咋神?"

"葛城的一言主大神是古老的山神,大山咋神也是从此处被叫作日枝山时起便存在的神明,与一言主大神早有交情。"

"有交情?神明之间吗?"

"是啊。"

"那么那个家伙是——"

"我说了,是一言主大神的一部分。"

"……"

"与幼武尊一同现身,并长得完全一样的一言主大神正是回声。博雅啊,因为你刚才的声音没有回声,它就只能自己重新化为回声了。"

"你在说什么,我完全不明白……"

博雅微微摇头。

"回声是山神的属性之一,使声音响彻四周,虽然是一种自然现象,其中却依附着山神的一部分。"

"啊……"

"大约是有感于你的笛声,才时隔许久现了身,想附在你身上吧。你高声叫喊,那声音回荡在葛城山中,就容易使其附身。"

"要是附身了会如何?"

"有多种方式。可能不久后就会离去,也有可能你就变成神明了。"

"我变成神?"

"人也能成神的。"

"我真是不明白你在说什么,不过可真让人惶恐。"

"博雅变成神明倒是不坏,可是就听不见你的笛声了,那可就寂寞了……"

"那么刚才的回声——"

"附在纸人上的那家伙已经解除了束缚,所以已经无害了。"

"我得救了吧。"

"失去了成神的机会,真遗憾。"

"我不成神也挺好,在葛城不会听不见回声了吧?"

"不会。"

"那接下来怎么办?"

"按照计划,去横川。"

"事情不是已经解决了吗?"

"还没有道谢呢。"

"道谢?"

"向忍觉大人与大山咋神道谢呀。"

"……"

"因为我在信上写了,作为实现请求的谢礼,会带源博雅前去,以笛声献礼。"

"吹笛子吗?"博雅神色不安地说。

"已经没事了。这里的神明极为严肃,不会像一言主一样捉弄人。而且——"

"而且?"

"有我跟着。还有一件事,我已写了,若是可以,请备美酒。"

"是、是吗?"

"走吗。"

"嗯。"
"走吧。"
"走吧。"
整件事的来龙去脉就是这样。

镜童子

一

一个童子在夜色中赤足而行。

是在夜晚的森林,还是在洞窟中行走?四下里没有一丝光线,所以不知是何处。但不可思议的是,唯独童子的身姿清晰可见。

他大约八九岁,身上所穿衣物却是成人模样。应该是穿了黑色服饰,但是什么样式却看不出来。因为童子将过长的下摆与衣袖卷了起来,大概是衣服太长,不便于赶路。

童子眉宇之间透着英气,脸上却有不安的神色。

不仅是因为四周黑暗,童子甚至不知道自己为何行走于黑暗中,又要去往何方。连自己是谁,叫什么名字,他都不清楚。

往前走是黑暗,驻足而立也是黑暗,既然如此,便只能往前走了,或许能去往什么地方。

自己脚下所踩的究竟是什么呢?

虽然是赤足而行,但踩的究竟是泥土还是地板,都不甚明了。踏着步子,时而觉得脚下是柔软之物,时而觉得是坚硬之物。比起踩在有实体的东西上,更像是踩在黑暗本身之上。黑暗的触感就是这样吧。

或许应该向谁求救。但是这种时候，该叫谁的名字呢？是父亲的名字，还是母亲的？

童子想张口大喊，却放弃了。

何止是想不起父母的名字，连他们的模样都想不起来了。

他无可奈何，只能一直前行。

或许从方才开始，自己就在重复同样的事情。不久前，不是也想开口呼喊父母的名字，却放弃了吗？

一切都不甚分明，令人迷茫。

因为迷茫，所以只能往前走。

一直往前，一直往前，也没有任何改变。

脚下走的若是路，既像是平坦大道，也像是在上坡下坡，甚至也许是在同一个地方来来回回地兜圈子。

咯噔一声，右脚似乎撞到了什么。

心里一惊，左脚已经向前迈出，又踩到了什么。

咔嚓一声，脚下有什么东西碎了。

究竟撞到了什么，又踩到了什么？

童子蹲下来伸出手，触碰到了某样东西。与左脚踩碎的东西不同，那物体坚硬而浑圆。

童子起身，用双手抚摸那东西，上面有两个可以伸入二指的圆孔，这究竟是……

"骷髅头。"

想到这里，他忽然看清了手中的东西，那是个发着青白光芒的骷髅头。

"哇！"

童子大叫一声，扔掉了手中的东西。

骷髅头应声落地，裂开了。

这时终于能看清四周了。原来，童子是站立在无数散落的骷髅头与人骨中间。

此外的一切都隐没在黑暗中，只有那无尽的人骨如同沐浴着月光一般，发出惨白的幽光。

童子想要逃走，可是无论逃到何处，同样的人骨都在周围无尽地蔓延。

既然如此，为什么刚才没有踩到这些人骨呢？

这时，四下里响起咔嚓咔嚓的声音。

一看，原来是脚边的骷髅头在动。

童子差点儿喊出声，不是因为那骷髅头在动，而是因为从那眼眶里爬出了黑色的东西。

是老鼠。

那老鼠用双脚直立着，高声说道：

"来，往这边走。"

"是这边，是这边。"

接着响起的声音粗粝而低沉，是老鼠前面的牛说话了。

有巨兽的影子动了起来。

"怎样，来吗，小童？"这低吼般的声音是老虎发出的。

"这里这里。"兔子跳了起来。

这时，龙现身了，周身云遮雾罩。

"是这里。"龙说。

"对对。"在人骨之间逶迤而行的蛇为童子带路。

这时，马蹄声也随之传来。

"坐着我去吧。"马也现身了。

"请过来。"羊也走到近前来。

"是这里呀，是这里呀。"猴子急急忙忙地叫唤。

"快了！快了！"鸡鸣叫着。

"来得好,来得好。"狗兴奋地来回跑着。

"是这里,是这里。"用严肃的口吻说话的是猪。

这时,童子终于站住了。

因为就在对面,坐着一个女人。

她一头长发,皮肤白皙,红唇如血,一双眼睛犹如用刀刃划出两道裂痕一般,朝太阳穴斜斜吊着。

女人身着唐衣,坐在那里,鲜红的唇角上扬,得意地笑着说:"你还真的能来到这里啊。"

那女人待在中间,四周围着刚才的鼠、牛、虎、兔、龙、蛇、马、羊、猴、鸡、狗、猪。

"好了,不用再担心了,来这边。"

女人举起白皙的手腕,向童子招手。

童子没有多想,正打算迈出脚步走上前去,此时,背后传来了"不可,不可"的声音。

向后一看,只见一颗骷髅头上有位踮着脚站着的老人。他鹤发白髯,身穿白色麻布做成的水干。

"要是去了那样的神那里,可就后悔莫及了。"老人说。

听了这句话,女子缓缓站起。"你是怕这童子被抢走,才急着来坏我的事吗?"

童子看到了那女子的容貌,却看不出她的年龄。她看来像是十七八岁的年轻女子,却又显得苍老,如同一位上了年纪的老妪。

"这童子本来就要来我这里,是我的囊中之物……"

女子说完,四周的鼠、牛、虎、兔、龙、蛇、马、羊、猴、鸡、狗、猪如赞同一般,一齐发出了鸣叫声。

吱吱、吱吱。

哞哞、哞哞。

呼呼、呼呼。

喊喊、喊喊。

轰轰、轰轰。

嘶嘶、嘶嘶。

呋呋、呋呋。

咩咩、咩咩。

唧唧、唧唧。

咯咯、咯咯。

汪汪、汪汪。

吭吭、吭吭。

"来吧,来这里吧,来啊……"女子微笑着说。那微笑莫名地有些瘆人。

"你不能去。你本来要去的方向是我这边,要走的话也是来我这儿。"

"不,那童子不是面向南边的岁德神方向吗?"

"是打算去南边,事实上却是朝我所在的北方来的,所以这童子是我的。"

老人说完,女子四周的兽都如同愤怒一般嘶吼起来。

"你让这些兽类围在身边,能从里面出来吗?就因为你一直在里面待着,所以才会被叫成什么'中神'!"

"关你什么事!"

"喂。"老人看了童子一眼,说,"别去啊。那里是塞位①。去了可就再也回不来了。"

老人露出的黄色牙齿之间,红色的舌头轻轻跳动。

"童子哟,你可不能去那里,去了就是七杀。不只是你,你七个家人也会跟着遭罪。"

---

①阴阳道中的一个方位,传说普通人不可前往,一旦去了就永远无法回到现实世界。

"你说什么呢?"

"你又在说什么呢?"

两人争执之时,童子十分害怕,便走向了其他的方向。

"这……"

"你要去哪儿?"

两人的声音传了过来。

"等等!"

"来这里!"

那声音紧追着他不放,但是童子没有回头。只是接下来该怎么办呢?

只能和原来一样,继续毫无方向地走下去。

该走向何处才好呢?

在赶路时,童子似乎听到了什么声音。

那声音十分细微,在走路时忽地听到了,忽地又听不见了。但是继续走下去,便又能听到那声音。

铮……铮……

声音听起来是这样的,是什么发出的呢?

童子在听到这声音时,停下了脚步,可停下脚步时,却又听不见了。但是再次走出去,又在黑暗中听到了声音。

这好像在哪儿听到过……

是弦。这不是拨弦声吗?

是琵琶吗?

是谁在哪儿弹奏琵琶呢?

童子不禁将右手伸进胸口,想在怀里搜寻,但手伸不进去。

啊,童子不禁一惊。原来所穿衣物的衣襟与往日的正相反。

童子将左手伸进怀里,触碰到了一个硬硬的东西,拿出来举在眼前一看。

"是笛子啊……"

那是一支龙笛。

童子自然地将笛子抵在唇上,右手靠近唇边,左手执着尾部。

这样可以了吗?

在吹笛子时,右手与左手该怎么摆放呢?

笛音倾泻而出。在黑暗之中,那笛音散发着银色光芒,童子的四周逐渐亮起了银光。

笛声响起后,本来轻微得只能刚听到的琵琶声,似乎稍稍大了一点,调子也发生了变化。而且,那琵琶声似乎是在与童子吹出的笛声相和。

童子现在知道琵琶声的方位了。他一边吹笛子,一边朝着琵琶声传来的方向走去。越往前走,琵琶声变得越清晰。

朝着琵琶声靠近时,四周的景物也渐渐看清了。

开始只能模糊地看到对面的东西,随着逐渐靠近,能分辨出那是什么了。

那是只猫。

猫坐在那里,瞳孔发着绿光,注视着童子。

童子在那只猫面前停下了脚步。令人诧异的是,那琵琶声听起来像是来自猫的体内。

童子停止了吹笛。这究竟是怎样一只猫呢?

"你可终于停下脚步了……"传来这样的声音。

右手边正站着那位老人。

"你停下了脚步,那我们又可以再次现身了……"

那个笑脸盈盈的女人出现在左手边。

脚步停下后,仍然听得见琵琶声。

"这个啊。"老人指着猫说,"是什么都不做,什么都做不到的神……"

"正是。"女人附和道。

"这是只存在于那里的神,什么都不做……"

老人说完,女人说:"你的意思是神明要各司其职,对吗?神明本来就是什么都不用做啊。"

"哼。"

"哼。"

老人与女人一边低沉地呼气,一边慢慢靠近。

已经逃不了了,童子不知该如何是好。

"逃吧……"

似曾相识的声音再次响起。是在哪里听过呢?那声音既熟悉,又让人安心。

"是这里。"

那声音与琵琶声一同响起。

是猫。那声音是从猫的体内传来的。

那是谁的声音呢?听起来极为熟悉,又极为让人安心。

童子的模样稍微变大了一些,个头长高了,脸也变得成熟,成了少年的脸。

"不好。"

"开始察觉了。"

"察觉了本身——"

"察觉了自我——"

老人和女人你一句我一句地说。

"不能让你走。"

"不能让你走。"

老人和女人都靠近过来。

这时,猫一下子张开了嘴,从口中传来了声音:"博雅,来这边。"

逐渐变成少年姿态的童子,毫不犹豫地跳进了猫的嘴里。

"臭小子!"

"臭小子!"

背后响起两人不甘的声音。

二

源博雅右手握笛,立在月光下,眼前伫立的是身着白色狩衣的安倍晴明。

这是位于土御门大路上的晴明宅邸的庭院。

高空中,悬着一轮青色的明月。

晴明身后的外廊上坐着蝉丸法师,他正在弹奏琵琶。

"晴、晴明?!"

博雅看来还不知道自己为何在这里。

"你可终于回来了,博雅。"

"回、回来?!"

博雅说话时,琵琶的声音停了下来。

"您可回来了,博雅大人。"蝉丸也说道。

"发、发生了什么?晴明,我是为了将主上放在我这儿的镜子送到兼家大人那里……"

"才坐牛车出门了,对吧?"

"对,对的。"

博雅还一副不明所以的样子,杵在那里。

"应该是这样的。然后我就突然到了这里——不,不是突然,我好像做了个梦,一个可怕的梦。我以为是在做梦,直到听到了你的声音……"

"是我在呼唤你呢,博雅。"

"对,对的,然后,我就进了猫的嘴里……"

"猫的嘴？"

"嗯。"

"是吗，你将岁德神看成了猫啊。"

"岁德神？"

"所以说，你将镜子看成岁德神这只猫的嘴了，博雅。"

"什么？！"

"在那边，你遇到怪事了吧？"

"嗯，嗯。"

博雅点着头，稍稍想起了梦中发生的事。

说了梦中遇见的事后，晴明说：

"哦。那女人是中神，也就是天一神。"

"你说什么？"

"那老人恐怕就是金神了。"

"这不都是方位神吗？"

"是啊。博雅啊，你是在镜子里遇见方位神了。"

"镜子里——"

"看看脚下，博雅。"

博雅看着脚下，发现那里有一面镜子，镜子里映着明月。

"镜、镜子。"他蹲下来拾起铜镜。

"这是……"

"这是你替那男人保管，要送到兼家大人那儿的镜子……"

那男人——晴明这么说的时候，便是指天皇。

"晴明啊，可不许将主上称为那男人。"

晴明似乎没有听到博雅所说的话。

"博雅啊，你是搞错了方向——"

"我……搞错了方向？"

"你是怎么选择方位的呢？"

277

"这……"

他要将从主上那里拿到的镜子送到藤原兼家的宅邸，那宅邸恰好位于东南方向。

"今天，东南是塞位……"博雅嘀咕。

塞位——这一天，天一神恰好在东南方位，所以为了避开这个方位，要先向南走去，再往东行，便到了兼家的宅邸。岁德神恰好位居南方。岁德神是吉神，不与人为敌。

"博雅啊，岁德神居于南方时，哪位神明居于北方？"

"位于岁德神相反方向的是金神。也就是说，北方是金神所在的方位，不是吗？"

"正是如此，博雅。不过你那时是否带着主上的镜子呢？"

"是啊。我将镜子放进了锦囊香袋，然后放在了怀里……"

"因为你带着那镜子，所以本打算向南走，事实上却朝北走了，就是这里出现了问题，博雅。"

"什么……"

"金神是金物之神。镜子由金物所制，而且曾在天皇手中，加上镜子可以照物，所以出现了这样的事……"

"……"

"要躲避此难，往前逃或者往后逃都不行，唯一可以逃离的出口便在镜中。"

"竟有这样的事？"

"不是的的确确发生了吗？"

"虽说如此……"

"你消失在了牛车里，那里只留下了镜子，所以……"

原来是这样。衣襟的方向相反，吹笛子时右手与左手的位置相反，也都是因为身在镜中。

博雅留下一面镜子，消失在了牛车里。这件事传到晴明耳中时，已是傍晚时分。

"我打听了许多，才大概知道事情的经过。镜子里映照的世界说起来其实是阴态。要是处于阴态，金神与天一神或许会对你出手。正在我思考该如何赶在他们出手前救你时——"

"我来晴明大人的宅邸拜访了。"蝉丸说。

"进入那镜中，就意味着心的一部分会消失。"

"这样说来，我总觉得自己在镜子里变得像童子一般小……"

"心的大部分被带走了，心的形态也变成孩童的模样了吧。"

"是吗……"

博雅的喉咙仿佛有什么堵住了似的，纵然还有不明之处，但多少理解了事情的经过。

"博雅啊，送镜子，明日也行吧？"

"明日？"

"蝉丸大人难得来一趟。今夜便以蝉丸大人的琵琶为佳肴，喝上一杯，还不错吧……"

"就这么定了。"

博雅终于像觉得释然了一般，点点头答应下来。

图书在版编目（CIP）数据

阴阳师．天鼓卷／（日）梦枕貘著；郑锦译．－－海口：南海出版公司，2019.6
ISBN 978-7-5442-7360-2

Ⅰ.①阴… Ⅱ.①梦… ②郑… Ⅲ.①短篇小说－小说集－日本－现代 Ⅳ.①I313.45

中国版本图书馆CIP数据核字(2019)第085339号

著作权合同登记号　图字：30-2018-025

Onmyôji-Yakôhai no Maki
© 2007 by Baku Yumemakura
First published in Japan in 2007 by Bungeishunju Ltd.
Onmyôji-Tenko no Maki
© 2010 by Baku Yumemakura
First published in Japan in 2010 by Bungeishunju Ltd.
Simplified Chinese translation rights arranged with Baku Yumemakura
through Japan Foreign-Rights Centre/ Bardon-Chinese Media Agency
All rights reserved.

阴阳师．天鼓卷
〔日〕梦枕貘 著
郑锦 译

出　　版	南海出版公司　(0898)66568511
	海口市海秀中路51号星华大厦五楼　邮编 570206
发　　行	新经典发行有限公司
	电话(010)68423599　邮箱 editor@readinglife.com
经　　销	新华书店
责任编辑	翟明明
特邀编辑	褚方叶
装帧设计	韩　笑
内文制作	田晓波
印　　刷	河北鹏润印刷有限公司
开　　本	850毫米×1168毫米　1/32
印　　张	9
字　　数	227千
版　　次	2019年6月第1版
印　　次	2021年1月第4次印刷
书　　号	ISBN 978-7-5442-7360-2
定　　价	49.00元

版权所有，侵权必究
如有印装质量问题，请发邮件至 zhiliang@readinglife.com